LE TRIPODE

Littératures ■ Arts ■ Ovnis

ILLUSTRATION DE COUVERTURE
Baltijas jūra (Mer baltique)
Natalie Levkovska, Vilnius, 2010
Peinture à l'huile sur toile, 115 x 145 cm

Mario Alonso

WATERGANG

LE TRIPODE

1

Paul

J'écrirai mon premier roman à treize ans. Treize, ça porte bonheur. J'ai tant de choses à dire sur Middelbourg mais je vais attendre. J'y tiens. Je suis superstitieux. Mon roman commencera par : « J'ai treize ans, j'habite Middelbourg et ma sœur est enceinte. » Cette phrase, je l'ai écrite sur un carnet pour ne pas l'oublier. Et le carnet, je l'ai planqué quelque part dans les polders, loin du village.

Toutes les nuits, à la même heure, je vois le téléphone de ma sœur s'allumer sous ses draps. Elle fait comme une tente sur son lit, une sorte d'origami géant qui se gonfle et se dégonfle au rythme de sa respiration. J'aimerais croire qu'elle braque la torche sur son ventre pour communiquer avec le bébé en faisant courir le faisceau sur sa peau, sauf qu'en réalité, elle parle à Jeroen, son petit ami. Elle finit toujours par pleurer. Jeroen est le père, mais il ne le sait pas, ça doit être pour ça.

Moi, je pourrais ne jamais pleurer. Seulement voilà, de temps en temps, je me force, je le fais exprès, histoire de ne pas attirer l'attention. Les gens trouveraient ça trop bizarre. Déjà que ma santé mentale suscite des interrogations. Ne pas pleurer à treize ans, ce n'est pas normal, automatiquement ça fait de vous un petit monstre.

Birgit devrait prendre exemple sur moi. Ni pleurer, ni parler. S'en tenir à ça. Elle s'éviterait bien des déconvenues. En ce qui me concerne, je peux également me dispenser de parler, ce n'est pas un problème. Or là aussi je donne le change. Question de survie. À vrai dire, je peux me passer de beaucoup de choses. Parler, manger, rire, dormir. Parler par exemple, j'économise ma salive depuis que je suis en âge de dire papa et maman. Quoique papa, je n'ai pas eu beaucoup l'occasion de le dire. Non, les mots, je les réserve pour mon roman. Surtout ceux qui fâchent.

Me taire donne curieusement des ailes aux autres. Ils se sentent autorisés et se mettent à monopoliser la conversation. Tout le monde y va de sa petite phrase. Moi je note. Hop, quelque part dans ma petite tête. À treize ans, gros malin, je serai prêt. Je les ressortirai. Mais pour l'instant, pas rire, pas parler, pas dormir, pas pleurer.

Pour ce qui est de manger, que voulez-vous, ça ne rentre pas, je n'arrive pas à avaler, ça ressort aussitôt. Si ça continue, je n'arriverai pas jusqu'à mes treize ans, je risque de disparaître avant, emporté par le vent dans les plaines du watergang.

Je pèse 27 kilos, trousseau de clés au ceinturon compris. On se moque. On me compare à une crevette. S'ils savaient. Mon poids, c'est ma liberté, mon super-pouvoir. Pas un gramme de graisse, personne n'est capable de me suivre dans la nature. Je les sème tous. Je suis le plus rapide. Tu parles, je m'entraîne tous les jours. Je peux défier n'importe quel garçon du village, aucun ne rivalise.

Courir c'est l'affaire de ma vie. Je cours d'un bout à l'autre du watergang. Une fois sur la plage, je me mets à vibrer avec la ligne d'horizon. Nous sommes comme deux câbles électriques qui se touchent. Je fais alors un rêve. Je suis à Buenos Aires. *Bye-bye* les polders. *Adios* Middelbourg. On m'a fait venir pour parler de mon dernier livre. Je tombe amoureux de la langue et décide de me fixer dans la pampa. J'achète un ranch et propose à ma sœur de me rejoindre. Je lui dis merde, quitte ce connard de Jeroen. Je le lui dis sur un ton désinvolte, en regardant mes chevaux, le téléphone collé à l'oreille.

Je rêve. Je suis connu dans le monde entier sous le nom de Jan De Vaart, écrivain né à Middelbourg, de père inconnu et de mère incertaine. Mais pour l'instant, au village, tout le monde m'appelle Paul. Paul De Vaart, et je n'ai rien d'un rêveur. Je sais ce que je veux.

Middelbourg ne convenait plus à mon père. Moi, en revanche, je ne fais qu'un avec ce lieu. Et ce pays de marais me le rend bien. Il m'offre l'espace dont j'ai besoin pour m'échapper dans la nature. Ce paysage et moi, nous nous ressemblons. Calme, infini, gagné sur la mer et en sursis.

Ma mère a repris son nom de jeune fille quand mon père est parti. Ma sœur et moi aussi, du coup. Le bébé de ma sœur, on ne sait pas encore le nom qu'il portera. Quand il sera là, je vais lui apprendre à dire Paul et d'autres choses encore auxquelles sa mère ne pensera pas. Comme courir. Tenir la longueur c'est important, les écrivains ont ce don. Et ils peuvent dire merde et connard, s'ils le veulent. C'est comme ça les écrivains. Attendez que j'aie treize ans.

2

Kim

Je m'appelle Kim, j'habite Middelbourg, je suis enceinte et je partage ma chambre avec Paul. Paul m'appelle Birgit, mais bon, Paul est un peu spécial, on ne va pas commencer avec ça. C'est juste qu'on ne sait pas toujours pourquoi mon frère fait ou ne fait pas certaines choses. Comme disparaître toute la journée dans les polders, par exemple, ou garder les yeux ouverts toute la nuit alors qu'il dort, enfin je crois.

Paul mériterait qu'on écrive un livre sur lui. Sur moi, il n'y a pas grand-chose à dire. D'accord, je suis enceinte, mais je n'ai pas trop envie d'en parler. Les copines m'appellent souvent pour me changer les idées. J'en ai besoin. Ça sert à ça les copines, non ? Heureusement que je les ai. Paul ne me comprend pas. Jeroen n'en parlons pas.

Paul, qui le connaît ? C'est vrai, qu'est-ce qu'on sait de lui au juste ? Même moi, sa sœur, je ne sais pas quoi répondre quand on me demande. Qu'est-ce qu'il a ton frère ? Pourquoi il fait ça ? Je pose les mains sur mon ventre et je lève les yeux au ciel. Paul est plus jeune que moi, mais il se comporte parfois comme s'il était l'aîné. C'est ridicule. Notez, les copines l'adorent. Il est beau, il est mystérieux, il ne parle pas à tort et à travers comme la plupart des autres garçons. Et ça, les filles elles trouvent que c'est irrésistible.

Un jour, Paul a fait savoir avec le plus grand sérieux qu'il tuerait quelqu'un. Lauren et Cassie, ça les épate un maximum ce genre de déclaration. Elles sont prêtes à croire n'importe quoi du moment que ça semble sorti d'une série télé. Pour ça, Paul est très fort. Je pense qu'il pourrait l'écrire sur lui-même ce livre. Personnellement, les livres, je n'ai pas le temps. Mon livre de chevet en ce moment, c'est mon téléphone.

Si seulement il n'y avait pas Jeroen. Mais je n'ai pas envie d'en parler. Il n'arrête pas de m'appeler, il commence à me faire flipper. Il finit toujours par me faire pleurer. Il n'assume pas du tout. C'est à cause de lui pourtant tout ça. Alors il raccroche, puis après il se croit obligé de m'envoyer un texto illisible. Je le transfère aux copines, qui font suivre et alors je ne vous explique pas le bordel. Jeroen enrage. Heureusement, il se retient. C'est son truc, toujours se retenir. Enfin, pas toujours.

La nuit, je me réveille avec le bébé qui bouge et Paul à côté qui dort les yeux ouverts. Vers quatre heures du matin, exactement. La situation n'est pas rassurante. J'ai besoin de me confier, on peut le comprendre, non ? Après, je me trouve conne toute seule dans le noir. Je me sens vide. Façon de parler. Peut-être que je devrais aller courir aussi dans les polders, comme Paul, ça me laverait la tête. Faudrait que je le cuisine à ce sujet. En savoir un peu plus. Qu'est-ce qui pousse ce garçon à partir tous les jours dans le watergang ?

Dire qu'il va être tonton à treize ans. Je me fais du mauvais sang pour lui. J'en parle parfois aux jumelles, mais ce ne sont pas des lumières, mes copines. Je le sais. Paul n'a pas besoin de me le faire remarquer. Je ne leur demande pas d'éclairer le monde non plus. C'est juste que des fois, j'ai besoin d'un peu de réconfort, il n'y a pas de mal à ça. En attendant, c'est surtout des textos qu'on m'envoie, le jour comme la nuit.

Sinon, avec les copines, on se retrouve au Holy Hour autour d'un cocktail sans fruits et tout alcool. Jimmy, le patron du bar, refuse de révéler sa composition. On s'en fout. C'est bon et ça produit son petit effet. Paul prétend que la couleur vient d'un ver luisant qu'on ne trouve que dans les marais du coin. Il se croit malin. Le pire, c'est qu'il l'est. Les autres, évidemment, ça les amuse son baratin.

3

Paul

Deux fois en une heure cette nuit. Quand il s'allume, en principe je dors. Je ne sais pas pourquoi, je sais qu'il s'allume et alors je me réveille. Je n'ouvre pas les yeux, ils sont déjà ouverts. Je remonte simplement à la surface. Comme quoi, je devrais m'abstenir de dormir complètement, ça ne sert à rien. Je ne plaisante pas. Seulement, on finirait par m'envoyer chez le psy. Donc, je ferme les yeux et on dit que je dors. Souvent, j'en profite pour écrire. Dans ma tête. J'ai la tête qu'il faut. Un jour, j'irai dans cette tête et je n'aurai plus qu'à tout déballer.

Aujourd'hui, Birgit ne va pas pleurer. Je le sens. Jeroen est sûrement en train de faire chier une autre fille. Ce n'est pas lui au téléphone. Birgit parle à une copine. Les copines, ça ne manque pas. Elles se bousculent au portillon, même. Surtout depuis que Birgit est enceinte. Elles s'arrangent pour se relayer. Dès qu'il s'agit de blablater, il y en a toujours une pour appeler.

Cette fois, je parierais bien sur les jumelles. Je peux le deviner au rire de Birgit. Il n'y a que Lauren et Cassie qui ont le pouvoir de la faire rire bêtement. Il est là le problème de ma sœur. Elle se laisse manger le cerveau. L'autre jour, elles ont décrété que le jaune était LA couleur la plus laide. Interdiction dorénavant de porter du jaune. Voilà ce qu'elles partagent, c'est vraiment une couleur horriiible ! En appuyant bien sur le rrriiible !

Horrible, oui. C'est ce que je me dis aussi. Elles sont horribles. Elles, elles ne jurent que par le rose. En dehors du rose, point de salut, ne tentez rien. Restez dans le noir, ça vaut mieux pour vous. Vous ne prenez pas de risque. Et si vous êtes obligé de porter du bleu ou je ne sais quoi d'autre, changez de trottoir, sans blague, évitez tout simplement de les croiser, elles seraient capables de vous jeter des pierres.

Birgit a une collection de copines assez dingues. Elles se sont mises d'accord pour n'aimer que le rose. Quand je pense qu'elles m'adorent. Je ne dis rien, Jan enregistre. Vous vous souvenez, Jan c'est moi quand je serai écrivain. Elles engageront un détective pour me retrouver et me faire la peau quand elles me liront, si tant est qu'elles lisent un jour un livre.

Les copines de ma sœur, c'est tout un poème. J'ai juste eu à dire que j'allais tuer un type pour me les mettre dans la poche. Et voilà le petit Paul propulsé prince de Middelbourg. Faut vraiment être aveuglé par le rose. Ma couleur à moi, c'est le vert. Les kakis, les bruns, les gris. Cette famille, quoi. La palette des polders. Là-bas, je disparais. Je me confonds. Je deviens grand. Aussi grand que le watergang. Je suis sans limite, grand comme un écrivain.

Quand je serai écrivain, je n'aurai pas besoin de parler de revolver et de répandre le sang pour faire mon effet. Les mauvais livres en regorgent. Un bon livre n'a pas besoin de tant de tapage, d'appuyer sur tous les rrriiiibles du vocabulaire comme on appuierait sur une gâchette.

4

Polder

« Nous nous croyons statiques alors que nous sommes secoués comme une coccinelle sur la main d'un enfant qui court. »
Florence Seyvos

Paul pourrait mettre cette phrase en exergue de son livre. Ils ne sont pas nombreux à s'aventurer par ici. Non, ça, ils ne sont pas nombreux. Qui viendrait traîner du côté des canaux sombres du watergang sans se sentir moins que rien ? Il n'y a que Paul pour trouver ça grand. Il n'y a que lui pour courir d'un bout à l'autre du pays le cœur battant. On le voit passer tous les jours avec le même entrain. On dirait qu'un orage menace dans sa tête.

Il est si léger qu'il survole les prés comme un oiseau. Paul est vraiment un spécimen rare. Il est en chasse de lui-même. Malgré son jeune âge, son visage est déjà dessiné par les traits prononcés de sa détermination. C'est à ça qu'on peut dire que Paul est du pays. Il n'y a qu'à voir sa silhouette épouser l'inclinaison des herbes folles quand il file à toute allure. Il sait comment s'y prendre.

Mais nul ne vient ici pour le voir, excepté moi. Personne ne l'aime autant que moi. Je le prends tel qu'il est. Jusqu'à épuisement. Il brûle comme une lame d'acier à peine sortie des forges. Après il sanglote, le dos couché sur un tapis de mousse humide. Une fois calme, il va sur la plage battue par les vents. Là, il est comme nu, pour toujours innocent.

Il y a des paysages qui vous écrasent et des paysages qui vous fortifient. Paul retrouve ici toutes ses forces. À l'image du grand canal, il trouvera un jour ici l'élan qui lui manque pour traverser la mer. Il emportera avec lui les polders. Car le watergang sera toujours son allié, et les éléments qu'il brave chaque jour lui seront à jamais une source d'inspiration.

5

Paul

Cette manie chez les filles de vouloir à tout prix former des couples. Tenez, Lauren et Cassie, bon, on peut comprendre, elles sont jumelles. Mais Céline et Lindsay, on dirait une blague. Elles n'ont rien à faire ensemble. Et Marieke, toujours à cavaler derrière Stella. Pas étonnant qu'on dise d'elle qu'elle est le toutou de Lala. Et Cora, pareil. Elle ne dit jamais rien avant que Mme Amber n'ait ouvert la bouche la première. À croire qu'il lui faut la permission. Quant à Eileen et Wendy, alors elles, et que je te tiens par la main, et que je te prends par la taille, et que je te caresse les cheveux, et qu'on se fait des bisous. Tout ce qu'elles réussissent à faire, c'est d'exciter Jeroen. Et il ne fait pas bon exciter Jeroen.

Jeroen et Birgit. Voyez comme ils forment un joli couple. On devrait plutôt dire que ma sœur forme un couple à elle toute seule. Je me demande comment on va appeler le bébé. Je vais proposer John. J'aime bien John. Pas Johnny. John. J'y tiens. Faudra être ferme. Imaginez. Paul et John. Une sacrée signature ça, non ? Avec les Beatles, on est sûr de pas se tromper. C'est de la musique pour tomber amoureux. On ne pourra que tomber amoureux de John.

Je ne parle pas de cet amour pour mauvais romans, de cette farine qui épaissit les sauces, non, je parle de ce qui naît entre deux êtres qui se taisent et dont les yeux se ferment quand les mains se tiennent. Voilà de quoi manque ma sœur. On ne peut que tomber amoureux d'une fille qui se cache sous ses draps. Cela vaut mieux qu'une fille qui grimpe sur les tables du Holy Hour tout de rose vêtue. Tu peux être sûr que Jeroen la fera descendre de la table pour l'emmener à l'arrière de sa grosse voiture. Le genre de grosse voiture qui donne envie de tuer le conducteur, juste parce qu'il a cerclé de fourrure rose le volant.

6

Kim

J'aime les gens. J'aime la vie. Voilà pourquoi je garde le bébé. J'ai confiance pour la suite, même si parfois je déprime. C'est passager. L'idée de tuer mon bébé m'achève. Je ne peux pas. Je ne pourrais tuer qui que ce soit d'ailleurs. Ce bébé je l'aimerai. Savoir aimer est une bénédiction. Je tiens ça de ma mère. J'ai trop besoin des autres pour en abandonner sur la route.

J'ai trop besoin de mes copines pour les mêmes raisons. Et tant pis si je n'aime pas le rose. Personne ne le sait en dehors de Paul. Il le sait d'instinct, l'animal. Je ne peux rien lui cacher. Mais qu'est-ce qu'il croit, il me fait rire, tout le monde n'est pas comme lui, j'ai besoin de faire des concessions moi, je n'ai pas sa force de caractère. Il n'a pas peur de se retrouver seul au monde, lui. Qui, en dehors de lui, peut passer autant de temps à errer dans les marais ?

L'avenir, je ne peux pas l'envisager sans les autres. Et j'ai besoin d'avenir. Ne serait-ce que pour le bébé. Franchement, cette manie que Paul a de m'appeler Birgit. D'où ça vient ? N'est-ce pas l'aveu qu'il a besoin de plus de monde qu'il ne veut bien le dire ? Je lui demanderai son avis pour le nom du bébé. Ce ne sera pas un nom de héros. Je veux un nom qui ne la ramène pas. Lucien. J'aime bien Lucien. J'aime bien Paul aussi. Mais Paul, ce n'est pas possible. Ou faudrait que Paul change de nom.

Lucien, c'est bien. Les filles vont détester, je les connais. Puis elles vont s'habituer, elles deviendront accros. Obligé. Y en aura que pour lui. Comme avec Paul. Ils seront inséparables ces deux-là. Ils formeront comme un couple. Ils seront trop beaux. J'espère que ce sera un garçon. Je préfère. Jeroen préfère que je ne le garde pas. C'est mal me connaître. Même ma mère ne me fait pas d'histoires avec ça. Ce qu'il veut, Jeroen, c'est se persuader qu'il n'est pas de lui. Tout le monde le sait pourtant. Il n'y a que lui pour faire un blocage. Faire celui qui ne comprend pas.

Paul, je ne sais pas ce qu'il pense. Il donne tellement l'impression que rien ne le touche. Tout a l'air secondaire sorti du watergang. Je ne sais pas vraiment à quoi m'en tenir le concernant. Il me fait peur quelquefois. Vous avez vu son regard quand il se tait ? Il a l'air si calme, si sûr de lui. Regardez ses poings comme il les serre. Quand il est comme ça, on n'en mène pas large.

Les yeux ouverts la nuit, je crois que c'est pour surveiller ce qu'il tient serré dans ses mains. Voyez comme il dort au-dessus des draps, été comme hiver. Toujours prêt à déguerpir. Paul n'a pas besoin des mots, il a ses poings. Il est tout entier contenu dans ses poings. Ses mains au bout de ses bras sont comme la lettre *g* au bout du mot *poing*.

7

Birgit

Je n'existe pas. Je ne suis qu'un nom dans l'esprit d'un garçon qui n'a pas treize ans. Tout le monde préférerait en rester à Kim. Mais tout le monde se prête au jeu. Kim la première. Et personne ne trouve à redire. Kim et Birgit se confondent donc. Tant mieux, elles s'entendent très bien. Elles ont toutes les deux beaucoup d'attentions pour leur frère. Il faut dire que Paul est un sacré personnage.

Paul est un garçon hors du commun, pas de doute. Je lui dois d'exister, ce n'est pas rien. Je le dois à Kim aussi, d'une certaine façon. J'existe parce qu'elle m'accepte. Je peux avoir une place à Middelbourg. Ce n'est pas donné à tout le monde. Regardez le père de Paul. Il est parti. Ce pays n'a pas voulu de lui.

Birgit, ça sonne bien. Merci Paul. Et toi, Kim, ma demi-sœur, ne sois pas jalouse. Toi et moi, nous allons main dans la main. Tant pis si on ne comprend pas tout chez Paul. On le respecte. On ne soutient pas son regard. On le laisse triompher. Il est si difficile d'être beau. Il vous est souvent interdit d'être autre chose en plus d'être beau. Surtout pas intelligent. C'est insupportable. C'est trop. C'est de la triche. Presque suspect. Et Paul, sa beauté, elle est sacrément intelligente.

Personne ne jalouse Paul. Personne ne lui en veut d'être intelligent. Personne ne cherche à le pousser hors de Middelbourg. Il y va de lui-même. Il est juste Paul et l'on baisse les yeux devant lui. C'est ainsi. Et si certaines filles s'affolent en sa présence, c'est qu'elles ne savent pas baisser les yeux. Elles résistent, à leur façon. Elles sont comme des libellules dans sa lumière. Il les tient dans son regard et les écoute vibrionner en les approchant de son oreille.

Pour les garçons du village, Paul est comme un frère. Ils sont tous frères à Middelbourg. Paul n'est pas que le frère de Kim et mon frère, il est ton frère, son frère, le frère du voisin, et même le frère de qui n'a pas de frère. Paul n'a pas de maison, il habite les polders. Et les polders appartiennent à la communauté de Middelbourg.

Quand Paul revient d'avoir couru dans le watergang, parfois, il entre au Holy Hour. Il me cherche. Je veux dire qu'il cherche Kim. Et moi, je suis toujours avec Kim, forcément, le plus souvent au fond de la salle. Nous sommes avec Lauren et Cassie. Il y a Stella pas loin derrière Marieke qui se recoiffe debout. Il y a des cocktails *fruit-free* sur les tables, des cendriers déjà pleins, et quelques joints fraîchement roulés. On tripote des porte-clés pleins de strass. Chacune le sien. Chacune ses initiales. On se passe un écouteur, on reprend un air dans un anglais approximatif. La soirée est douce.

Jimmy est aux anges. Son bar fait recette. Autour, les maisons sont ternes, serrées et froides. Chez lui c'est gai. On a les joues roses. Paul entre et nous rejoint. On lui fait une petite place. S'il était plus loquace, il dirait qu'il pense au professeur qui lui a fait lire Raymond Carver. L'écrivain travaillait toujours sur un coin de table, dans la cuisine. Il n'avait pas beaucoup de temps libre, devait s'occuper de ses enfants, leur faire à manger, tenir la maison, sinon elle se serait effondrée sur eux.

8

Paul

Je mesure 1 mètre 36 et je pèse 27 kilos. Je suis le plus petit de ma classe. Je ne suis pas le meilleur, loin de là. Je me situe au milieu du tableau. Je travaille juste assez. Et ça paie tout juste. Il n'y a aucune matière que je préfère. Il n'y a pas de professeur que j'aime spécialement. À part peut-être celui qui nous parle des écrivains. Je l'écoute. L'école, j'y vais surtout parce que je suis obligé.

Mon père est parti il y a maintenant des années. Il est né à Middelbourg et n'y mourra sans doute pas. Middelbourg l'a déjà oublié comme mon père nous a oubliés. J'aurais préféré avoir un mauvais père avec qui me battre que pas de père. Au lieu de ça, j'ai une mère avec qui il n'y a pas vraiment d'histoires. Elle travaille à la supérette depuis le départ de mon père. Elle range des boîtes de conserve dans les rayons et s'occupe de la caisse. Ma mère est super parce qu'elle travaille dur à la supérette. Je l'appelle Super.

Ma mère n'est pas née à Middelbourg. C'est la vie. Je crois bien qu'elle mourra ici. Je ne sais pas ce que fait mon père au juste. Il n'a jamais eu de vrai métier. Super dit qu'il pouvait tout faire. Quand il a su qu'il pouvait partir, il l'a fait. Il est en Angleterre d'après Jeroen. Elle ne lui en veut pas, ma mère, à mon père. Je ne lui en veux pas non plus pour ça, à ma mère.

Je vis toujours à Middelbourg, moi. Pas pour longtemps. Mais je réponds encore présent en classe, pour le moment. Paul De Vaart ? Présent. Mon père porte un autre nom qui ne mérite pas de figurer ici puisqu'il n'est pas là. Il m'a écrit un jour. Il me disait qu'il m'aimait. Que je pouvais porter son nom. Mais que si je ne voulais pas, il comprendrait. Je suis sûr qu'il comprend.

Birgit ressemble à notre mère. Elle n'a pas de seins. Elle porte une queue de cheval. Comme elle. Sinon, elle s'autorise des robes courtes avec des fleurs imprimées dessus qu'on dirait recopiées d'un vieux papier peint. Ma mère, elle n'oserait pas. Elle est mal fringuée, comme Birgit, mais elle met des trucs qu'on ne remarque pas, elle. Birgit, c'est plus à la mode. Elle dit que je n'y connais rien. OK, n'empêche, je vois bien qu'elle évite le jaune. Si ce n'est pas être à la mode, ça.

Je ne porte que des vêtements sans couleur, comme dit ma sœur. Qu'elle aille dans le watergang et qu'elle ouvre les yeux, elle verra s'il n'y en a pas, des couleurs. Mais elle comme les autres préfèrent faire du vélo dans les rues de Middelbourg. On préfère boire des *fruit-free*, baiser à droite à gauche, nettoyer les fusils, regarder la télé, se coucher tard une fois que Jimmy a dit : Bon, tirez-vous, je ferme. Il y a aussi l'église, mais ça tend à se perdre. En ce qui me concerne, il y a longtemps que j'ai troqué l'église pour les polders. Dieu est partout, non ?

Dieu est comme mon père, il m'aime mais de loin. Pas de problème. L'expression *de loin* m'a souvent sauvé de situations indésirables. Alors, qu'est-ce que je peux avoir à dire à Dieu ? Je suis là, moi. Je continue de chanter, pas besoin d'une messe pour ça. John Lennon chantait *Love is real, real is love.* Des chansons comme celle-là, on en chantera toujours.

9

Middelbourg

Je suis un paysage élémentaire, vide en apparence, et sauvage. Paul trouve en moi son étoile du nord. Les polders me donnent mon isolement et un tas de fantasmes que contiennent mes remparts.

Je suis une terre fertile créée par l'homme, une terre qui se suffit à elle-même, une terre où le rouge est absent, même dans les rêves que font les gens. Même les briques des maisons ne sont pas rouges, mais plutôt marron. Il ne viendrait d'ailleurs à personne l'idée de peindre ses volets autrement qu'en marron. Le marron est la couleur de la terre sur laquelle la ville de Middelbourg s'est très chèrement bâtie.

Mes habitants me ressemblent. Ils ont peur de l'eau. La terre les rassure. Ils ont en eux inscrit le souvenir du désastre causé par un raz de marée. Ils ont réinventé leur pays et ne se racontent plus d'histoires. Ils surveillent la mer sans l'approcher. Ils vivent le présent sans oublier le passé. Les jeunes filles d'ici ont compris qu'il n'y avait rien à attendre du rouge. C'est pourquoi elles ont adopté le rose.

L'amour, la passion, l'aventure, le bout du monde, tous ces mirages partent en fumée chez nous. Le rose est notre seule extravagance. Cette couleur est comme une complainte, un fado pour le rouge perdu. On partage au village l'idée, peut-être inconsciente, que le rose est au rouge ce que le watergang est au continent, un niveau inférieur qui protège de ce qui fait mal.

Je m'érige sur les polders. Je suis à la fois artificiel et divin, un pays qui place l'homme plus bas et élève sa vie. On pourrait me célébrer à l'église le dimanche, si seulement la population ne s'était pas détournée d'elle. Qui encore pour entendre de telles paroles ?

On ne peut pas se perdre à Middelbourg. Toute personne de Middelbourg est Middelbourg. Jeroen est Middelbourg. Le bébé de Kim est déjà Middelbourg. Jan aussi est Middelbourg. Ils sont mes remparts contre un soleil trop vif et ma destruction.

J'apparais parfois dans un tableau de maître. Je suis ce mélange de pigments froids si reconnaissable. Le vent m'a dessiné touche après touche. Les paysans m'ont craquelé à force de travail. Les générations se sont succédé et m'ont nourri de leur jeunesse. Dans le bourg, on a rapproché les façades pour se protéger du vide qui fait toujours aussi peur qu'au Moyen Âge. Tout autour de moi, on a fait tourner les rues afin que n'y entrent pas les mauvais esprits. Ainsi les maisons n'ont pas cherché à s'élever plus haut que ne pouvait voir un homme debout sur son cheval. Et les hommes d'ici n'ont pas cherché à faire monter un cheval sur un autre cheval pour espérer voir plus loin.

10

Julia

Je suis Julia. J'habite sur une île. Cette île est l'Angleterre. Ma maison donne sur la mer. Je vis avec un homme de Middelbourg. La mer du Nord nous sépare de son village natal. Il l'a quitté il y a maintenant quelques années. La femme de cet homme vit toujours de l'autre côté. Elle s'appelle Julia. Comme moi. Au début, la coïncidence me troublait. À présent, je n'y pense plus. Julia vit avec Kim et Paul, leurs enfants. Kim attend un enfant. Jeroen nous l'a laissé entendre. Mes enfants à moi sont grands. Ils ne vivent plus avec nous. Ils ont quitté l'Angleterre. Ils habitent avec leur père. Ils m'écrivent souvent des lettres d'Australie.

Les enfants de Julia ne reçoivent pas souvent de nos nouvelles. Nous écrivons peu. De fait, nous ne recevons en retour que très rarement du courrier de leur part. Leur père n'écrit pas. Il ne sait pas comment s'y prendre. C'est moi qui m'occupe du courrier. Il me dicte. J'arrange ce qu'il dit confusément. J'ai écrit à Paul récemment. Nous lui avons dit que nous l'aimions et que nous allions bientôt venir le voir. Après l'accouchement de Kim, nous prendrons quelques jours.

Nous travaillons dans une exploitation laitière. Je suis née en Angleterre. J'aime cette région près de la mer. Mon nouveau compagnon l'aime beaucoup aussi, bien qu'il rentre certains soirs en pleurant. Il lui arrive parfois de se promener seul dans la lande et de revenir tard, les pantalons mouillés. Il se déshabille et me rejoint dans le canapé. Les chiens sont épuisés. Ils gémissent. Ils ont faim.

Un dimanche, il est tombé une pluie fine toute la journée. La lande s'était gorgée d'eau et formait par endroits comme des bras de mer s'étirant après un long sommeil. Le soleil avait fait son apparition juste avant que le jour ne décline. Des rayons gris illuminèrent la plage à l'est. Nous décidâmes d'écrire. L'oblique de mon écriture reprenait l'oblique de la pluie sur la fenêtre.

J'ai toujours du papier à lettres à portée de main. J'ai posé mon livre et j'ai saisi un paquet de feuilles blanches. Nous avons commencé sans nous concerter. *Cher Paul.* Nous avons poursuivi. Nous avons écrit une autre lettre à Kim. Elle débutait de la même manière. *Chère Kim.* Et on a continué. Je m'apprêtais à écrire *Chère Julia* sur une troisième feuille quand j'entendis l'homme de ma vie dire non, celle-là, je l'écrirai moi-même. Le lendemain, à la ferme, le père de Paul n'a pas dit un mot de toute la journée. Le soir, il s'est couché sans manger. Il est comme ça, quand il n'est pas content de lui. Quand il n'a pas su faire quelque chose.

Les jours de fête, quand il a trop bu, il m'appelle July devant tout le monde. Au travail, c'est Jul, parce qu'il faut aller vite. Sinon, c'est Julia. Simplement Julia. Devant les autres, je dis : mon homme. Ou : mon amoureux. Au travail, je ne dis rien. Je n'ai pas le temps. Je dis : toi. Tu vas faire ça, toi. Où tu en es, toi ? Hé, toi, viens m'aider. Qu'est-ce que tu penses de ça, toi ? Il est toi. Mon autre moi. Mais à la maison, quand on est entre nous, c'est Jens. C'est son nom.

11

Super

Je suis Super. J'habite Middelbourg. Je travaille à la supérette. Mon fils ne m'appelle plus Julia. Je crois que c'est à cause de son père. Julia lui rappelle trop l'Angleterre et la femme avec qui vit son père. Alors c'est Super. Ce qui fait bien rire mon patron. Ma fille est enceinte, ce qui ne me fait pas rire du tout. Mais je ne vais pas pleurer non plus. Je n'aime pas pleurer. Crier non plus. Je suis une femme sans histoires. Je n'ai rien à dire en général. Je suis la mère de Paul et Paul peut me faire faire à peu près tout ce qu'il veut. Il a le pouvoir d'insister sans bouger la tête. Impossible de lui résister. Je fonds. Il faut dire qu'il a les yeux de son père. Difficile de les regarder longtemps.

Je ne sais pas ce que Paul attend de moi exactement. Je crois qu'il veut écrire un livre. Depuis peu, il se met à m'interroger. Je n'aime pas du tout ça. Je suis une femme très ordinaire. Je ne mérite pas qu'on s'attarde. Paul me fait alors ses yeux noirs. Je ne sais pas faire avec lui. Je ne veux pas apparaître dans un roman, même si Paul en est l'auteur.

J'ai entendu une femme à la télévision l'autre jour. Elle parlait d'aura. Elle parlait d'une femme qu'elle connaissait et qui avait une aura. Ce doit être quelque chose de fantastique. Je ne suis pas sûre de savoir ce qu'elle voulait dire par là.

Je suis sûre par contre que je n'ai pas ce genre de chose en stock. Je suis une femme tout ce qu'il y a de banal et pour moi, c'est ça qui est Super.

Je ne ris jamais en public. Je ris parfois mais toute seule. Même avec mes enfants, je n'arrive pas à me lâcher. Kim ne me ressemble pas pour ça. Elle rit tout le temps de sa mère. Quand elle est seule, je suis sûre qu'elle est triste. On ne trompe pas une mère. Oui, quand elle est seule, les yeux de Kim doivent lui jouer des tours.

Physiquement, Kim me ressemble mais en plus jeune et en plus belle. En plus forte aussi, mais ça, elle ne le sait pas, elle se croit faible. Pourtant, elle est tout le contraire. Un jour, elle s'en rendra compte. Elle fera des ravages. Quoiqu'elle en fasse déjà, mais pas dans le sens que je voudrais. Kim c'est tout moi en fait, mais en pas ordinaire. Tout moi en mieux. Je dirais qu'elle est Super Super. Je ne lui dis pas. Elle penserait que je plaisante. Je ne plaisante jamais pourtant. Elle se mettrait alors à parler bêtement juste pour m'énerver. Elle ferait sa gamine parce qu'elle ne saurait pas comment réagir au compliment que je viens de lui faire.

Est-ce qu'une mère peut être drôle ? Je ne me serais jamais posé la question sans Paul. Il faut toujours qu'il me déstabilise avec ses questions. Ce garçon est trop malin pour moi. Je me demande quel genre de livre il a en tête. La vie à Middelbourg ne mérite pas un livre. La vie ici est plutôt agréable, d'accord, mais elle n'est pas drôle non plus. Il n'y a que des gens ordinaires ici. Des gens pas super. Même moi.

Super pas bien habillée. Super pas une bonne mère. Super pas une femme comme il faut. Pas comme un homme est en droit d'espérer en tout cas. Super pas sexy, quoi. Super pas rose non plus, comme les copines de Kim.

Aux yeux de Paul cependant, je suis vraiment Super. Il n'y a rien au-dessus pour lui. Avec Paul, vous êtes super ou pas super. Il me fait rire. Quand je suis toute seule dans ma chambre et que je pense à ce qu'il m'a dit dans la journée, il m'arrive de rire. Puis je redeviens triste et je m'endors.

Je marche. Tout le monde marche, avec Paul. On marche tous derrière lui. Pendant ce temps-là, lui, il court. Loin devant. On pourrait mettre les bouchées doubles, il sera toujours devant. Je le sais. Tout le monde le sait. Il m'a promis de m'emmener dans ses polders un jour. Certains coins sont connus de lui seul, qu'il me dit. Des coins super. Forcément.

Des coins qui ne font pas peur dans les polders, je n'en connais pas. Je n'aime pas me promener là-bas. Ce sont des coins qui ne sont pas des coins. Tout est plat, venteux, sans couleur. Que des endroits à découvert qu'on ne découvre qu'une fois dedans. Des endroits trop vastes dont on ne fait jamais le tour. Des endroits où tout disparaît parce que tout se ressemble. Je ne sais pas si j'irai. Il m'a dit qu'il m'emmènerait, rien que lui, moi et le bébé, et peut-être Kim, si elle est sage.

12

Paul

Il y a des jours où je me sens polychrome, polarisé, pollué, polyèdre, polyglotte, polynésien, polystyrène, polyuréthanne, polytonal, etc., etc. Il y a des jours où je me sens dans tous mes états et complètement poli par la pluie. J'écris comme un fou des mots que je ne connais pas mais qui ont l'air de me raconter des choses. Je dresse des listes dans un carnet que j'ai planqué dans le watergang et que je remplis de notes tout à coup. Il y a des jours comme ça où je me sens comme perdu dans les polders, que pourtant je connais comme ma poche. Il y a comme ça, oui, des jours où, vraiment, je ne sais plus quoi faire.

13

Jan

Je ne devrais apparaître que dans un an environ, mais voilà, je suis déjà là. Paul est pressé. J'habite tout son esprit. Bientôt je vivrai en haut de la couverture de ses livres. Je serai bientôt dans toutes les têtes qui liront les romans de ce jeune garçon de Middelbourg. Jan De Vaart. Un nom sur une couverture, c'est comme un être sous ses draps, on le voit et ça reste un mystère.

Je suis un solitaire. Un nom d'emprunt. En dehors des livres, on s'imagine que je vis avec une Indienne quelque part en Argentine. Il y a tellement de choses à raconter sur ce pays. Mais patience. Paul n'est pas prêt.

Je me présente à vous qui ne m'avez pas encore lu. Paul et moi vivons séparément. Il y a Paul, et il y a Moi. Ou Je, si vous préférez. Je peux parler librement de Paul. Paul m'en a donné la permission. Paul est plus qu'un ami. Plus qu'un frère. Il est comme mon père. Il m'a donné la vie et j'ai grandi à ses côtés. Paul est ma terre natale.

14

Action

Paul ne m'aime pas. Je l'ennuie. Je le fatigue. Il ne veut pas de moi. Il m'évite. Il interdit à Jan de céder à mes sirènes. Il me juge. Pas d'action, inutile. Voilà ce qu'il transmet à son auteur. Il ne veut pas de train qui déraille, il ne veut pas de voiture qui tombe dans le fossé. Un fossé d'absurdité. À ses yeux, je suis le cheval qui monte sur un autre cheval pour voir au loin l'ombre de quelqu'un parti faire le reste du chemin à pied.

Paul dit qu'il faut enjamber les fossés d'absurdité. Je reste donc dans les jambes. Interdiction de me déployer. Je suis juste bonne à rester dans les jambes de Paul quand il ne se sent pas bien. Ou dans le ventre de Kim quand elle ne se sent pas bien. Interdiction d'accoucher.

Il me craint. Je suis ce qui peut dévaster la maison où je viens au monde. Je suis l'arme qui tombe des mains du criminel. Je suis tous les gestes que l'on fait, le plus souvent à regret, tous les mots qu'on dit, souvent à tort. Je provoque le pourrissement, avec moi, on se recroqueville, je suis ce qui ternit, ce qui comprime. Je suis ce qui part et ne revient pas.

Je ne suis pourtant rien d'autre que ce qui est entre ciel et terre. Je contiens tous les rêves du monde. Le vide n'est pas pour moi. Mais Paul ne veut pas de moi. Pas maintenant. Paul a dit que je ne changerais rien. Paul a dit à son ami Jan qu'il n'avait rien à attendre de moi. Ce qui se passe entre Paul et Jan ne semble pas me concerner. Je ne suis pas belle. Je ne suis pourtant pas responsable de ce qui fait ce monde.

Pourquoi ne veut-on pas de moi ? On veut avancer sans moi, sans mon cortège de faits. Je ne suis pas forcément cette main qui met le feu aux poudres. Je ne suis pas forcément une plaie qui s'ouvre les vannes. Je ne suis pas forcément la pierre qui fait chuter l'homme qui court. Je ne suis pas cet oiseau de mauvais augure que l'on dit, je ne suis que le vent qui se lève, la pente du ruisseau, la course du soleil.

Les faits, je m'en passerais bien moi aussi. Je ne commande pas les faits. Je suis le vent dans le drapeau qui flotte au-dessus de Middelbourg. Rien de plus. Je suis le papillon qui ne se pose jamais, que pour mourir. Ce doit être ça. C'est cela dont Paul a peur. Je ne vois pas autre chose.

15

Paul

Lumière. Nous sommes sous la tente de Birgit. Nous sommes au milieu de la nuit. Nouveau message, reçu à deux heures. Birgit tarde à répondre quand Jeroen écrit. Elle attend. Elle a ses codes. Par principe. J'entends ensuite ses doigts glisser sur l'écran. Ses ongles qui tapotent. Ses silences aussi, par intermittence. Lumière. Un autre message. L'ombre d'un feuillage noir se projette sur le drap. Araignée du matin, chagrin. Birgit est rapide cette fois. Elle semble hésiter tout à coup, avec la même rapidité. Elle revient sur un mot, sur une ligne, repart aussitôt, alternance de lenteur et de précipitation.

Jeroen et Birgit sont dans le même sac, en mode vibreur. Jeroen je te réponds. Jeroen je te parle au présent. Jeroen plutôt trois fois qu'une. Il s'appellera Lucien. J'ai vu ça avec Paul. Tu vois, je te dis tout. Je le garde.

Birgit tient la barre. Elle a un enfant et elle le veut. L'enfant aussi le veut. Je l'aime. Alors, il m'aimera. Oui, seule ou pas. D'accord, seule. Je n'en attendais pas moins de toi. Ah Jeroen, comme tu es prévisible. Tu ne serais pas si beau si tu n'étais pas si humain. Tu es si parfait. Si plein de toi-même. Tu es loin de nous et tu t'inquiètes. Comme c'est crétin.

Birgit frotte son écran de verre, parle du bout des cils, efface, écrit, elle ne sait plus, les mots s'écrivent par glissades. Qu'il est difficile de se comprendre. Les doigts ont un vocabulaire si limité. Ils n'ont que la peau sur les os. Jeroen je t'aime. M'entends-tu seulement ? Oui, je suis avec Paul et il a les yeux ouverts. Comme d'habitude. Non, il dort. Il ne nous entend pas.

Comme il fait noir. Comme il est tard. Le temps s'éteint. Les mains s'éteignent. Jusqu'à demain. Demain, nous prenons le petit déjeuner ensemble. Birgit a les yeux solubles dans le lait. Je prépare des toasts. Je verse le lait chaud dans nos bols. Super est sur le point de partir. Elle a confiance en nous. La journée sera conforme à ce qu'elle attend d'elle. Elle nous embrasse comme une mère le fait. Elle reviendra.

Birgit lui demande un peu d'argent pour aller chez le médecin. Super le lui donne. Elle réclame un appel de sa part en échange, vers midi. Tu me raconteras. Super nous embrasse une fois encore avec ses mots à elle. Soyez sages. Elle part, nue sous ses vêtements, sans avoir aimé un homme cette nuit, sans avoir débarrassé la table, sans avoir dit une dernière chose inutile sur le seuil. Elle est en retard. Elle ne se retourne pas. Seul son *au revoir* se retourne et vient frapper à la porte, mais elle s'est déjà refermée.

Super n'a pas loin à aller pour se rendre à la supérette. En sortant de l'école, je passerai prendre les courses que Super aura mises de côté. Je resterai un peu au comptoir. Je dirai bonjour aux clients qui demanderont à ma mère quel âge ça lui fait au fait. Elle dira bientôt treize. Ils s'exclameront. Déjà ? Combien de temps déjà que le père est parti ? Ce sera dans leurs têtes. Ils ne le diront pas. Dans mes yeux, ils se verront mourir.

16

John

Imaginons. Ça y est. J'existe. Je viens de naître. Je suis en vie. J'étais la vie dans une vie, maintenant je suis une vie dans la vie. J'ai donc une mère. J'ai aussi une grand-mère et un oncle qui pourrait être mon frère, un père qui ne s'est pas encore décidé à être mon père, un grand-père qui, lui, s'est décidé depuis longtemps à n'être plus rien pour personne. Je suis Lucien, mais Paul aurait voulu que je m'appelle John.

Ma mère a plein d'amies qui m'adorent. Je suis un garçon entouré de rose et de bijoux qui brillent. Je suis moi-même une rose qui a poussé au cœur des polders, un autre trésor. La mer n'est pas loin. Ma vie dépend autant de la mer qui irrigue mon pays que du sang de Kim qui irrigue mes veines. Ma mère n'a pas voulu mettre au milieu de mon nom un *h* qui aurait été comme un pont reliant Middelbourg au reste du monde, ou un phare se dressant à hauteur de mon initiale, afin que l'on ne me rate pas. Vu comme ça, c'était cool John. Paul a essayé de la convaincre. Pas cette fois. Ma mère ne s'est pas laissé convaincre.

John. J'aurais bien aimé. Paul me fera écouter les Beatles. Il me fera tantôt écouter des chansons de Paul, tantôt des chansons de John. Il voudra que je sache dire qui de Paul ou de John chante celle-ci ou celle-là. *I took my loved one to a big field / So we could catch the English sky / We both were nervous feeling guilty / And neither one of us knew just why / Well, well, well, oh well.* Je dirai John. Et j'aurai raison. Celle-là est de lui. À la fin, il crie comme un cochon qu'on égorge. On ne peut pas l'oublier.

Paul est comme un frère. Il écrira des livres et il parlera de moi. Il parlera des autres et de Middelbourg. Il ne nous racontera pas, la vie d'ici ne se raconte pas. Il nous fera simplement parler à tour de rôle et ce sera suffisant. Il se méfie trop de ce qu'on raconte. Il modifiera des détails, car c'est dans les détails que réside le diable, c'est bien connu. Middelbourg sera au centre de tout. Kim s'appellera Birgit, ce qui mettra en évidence sa double personnalité. Et Super sera Géniale.

Paul souhaitera simplifier les choses et voudra d'abord s'incarner dans un Pol radical et sûr de lui. Mais il renoncera à cette idée et restera Paul, tel qu'en lui-même. Ce qui est encore ce qu'il y a de plus simple.

17

Rose

Je fais des adeptes à Middelbourg. On s'est passé le mot. On est tombé d'accord. Je suis comme la chair du watergang. Son muscle le plus tendre. Son sang coupé. Sa virginité. Comme une plaie ouverte au goût de bonbon. Je suis sur les joues des filles quand le froid les porte à bout de bras le long des hauts murs de l'hiver. Je suis pendu au bout de leurs seins en état de grâce depuis qu'elles ressentent en elles monter les épines du désir. Et je suis collé à la langue des garçons ivres de *fruit-free*. Je suis encore la pulpe autour du soleil quand les beaux jours se prennent un mois d'été. Je suis le vernis glacé à la surface des canaux rectilignes du watergang, notamment au petit matin quand la brume se lève comme une peau qui pèle après des heures d'exposition au sel de la nuit. Je suis un mélange de rouge et de blanc, comme de tout temps, quand la vie et la mort s'entremêlent sans effort.

Les polders sont bleus. Les polders sont verts. Les polders sont gris, bruns et or. Parfois les polders sont jaunes, et de nouveau bleus et verts. De ces bleu et vert qui mènent loin. Quand les polders sont roses, il faut s'attendre à quelque chose d'extraordinaire. Quand Lucien a été conçu par exemple, les polders étaient roses comme un baiser. Je suis le baiser du watergang.

Quand les polders sont roses, la bouche de Liam se colle au cou de Stella, une bulle éclate au coin des lèvres de Cassie quand elle dit Paul à Paul, les mains de Kim se posent sur le ventre plat de Kim pendant son sommeil, et les falaises des côtes anglaises apparaissent du haut des remparts de Middelbourg. Je suis la volonté d'écrire dans la tête de Paul. Je vaux un personnage de roman. Je vaux mieux qu'une action pour Paul. Je suis le secret du temps sur les façades des maisons de brique, un pli sur la voile d'un bateau un soir d'automne, je suis tant et tant de choses encore que Paul imaginera dans ses livres.

Il lui faudra plusieurs vies pour tout transformer en rose. Me voilà, rose, à n'en plus finir. Plumes légères, boucles d'oreilles, peluche fixée aux sacs, montre au poignet, agenda dans la poche, bâton de rouge à lèvres, pilule du lendemain oubliée… Rose je suis, rose je demeure. Comme une gifle qu'on se retient de donner, comme le timbre-poste qu'on lèche, comme les étagères qu'on repeint, comme les affaires de classe... Je suis rose et je jure avec le jaune qu'on se refuse de porter.

18

Nous

Nous sommes les enfants du watergang. Nous ne cherchons pas à entrer dans l'histoire. Nous l'écrivons. Ou plutôt, l'un d'entre nous l'écrit pour nous. Nous sommes les lucioles au-dessus des canaux qui quadrillent les polders. Voilà comme nous sommes.

Nous sommes le climat d'ici. La jeunesse d'ici. Nous sommes tout ce que vous lirez. Personne ne peut savoir mieux que nous. Nous sommes les mots et ce qui a fait naître les mots. Nous sommes le monde des marais. Les écrivains nous chassent avec des épuisettes et nous épinglent sous verre. Nous sommes une part d'eux-mêmes. Nous sommes la mer qui sans cesse se quitte et revient.

Nous sommes cet endroit où l'on peut courir. Nous sommes Middelbourg, la ville de tous les temps. Nous sommes son relief, la découpe supérieure de ses lettres, faites de tours et de donjons. Nous sommes son avenir et ses souvenirs. Nous sommes tout ce qu'elle a et tout ce qui lui manque. Nous sommes des prénoms qui répondent présents. Nous sommes la jeunesse éternelle, celle qui n'a jamais assez d'espace. Nous sommes sans commencement ni achèvement. Nous sommes ce que l'on voit, et ce que l'on ne voit pas. Nous. Nous seuls.

19

Paul

Je dois me préparer à dire *J'ai treize ans*. John va naître d'un jour à l'autre, mon père va se pointer quand personne n'y croira plus et je ne dois pas perdre de vue cette promesse que je me suis faite d'écrire un livre où seront consignés des tas de trucs qui sont des trucs de Middelbourg. Des trucs comme par exemple *Hier Birgit m'a donné son téléphone.* Des phrases déterminantes qui auront cet à-pic, ce vertige. Exactement, je dois m'y préparer.

Prépare-toi Jan. Prépare-toi à courir avec moi dans les polders blancs de la littérature. Tout est en place. Middelbourg va faire la fête.

Me voilà. Au grand canal. Je suis assis en tailleur, le regard posé sur l'eau. Le plancher du transbordeur me soutient. Je voyage entre les arbres, mains jointes, le cœur serré. Les mouvements naturels de l'eau sont en moi. Le bac s'ébroue dans le courant. Le flux le tire tandis que les cordes qui le retiennent aux rives le font ballotter de gauche à droite. Je cherche un point d'équilibre, j'apprivoise ces sensations qui me soulèvent.

Devant moi, le canal s'élance comme la lame d'une épée. Dans leur double alignement, les arbres semblent un fourreau végétal. Je suis Ulysse de Middelbourg. Les sirènes se cachent dans des océans de feuilles. Seul sur le transbordeur, je m'imagine au passé, au présent et au futur. Derrière moi, l'église de Middelbourg dresse ses flèches, arbre pétrifié parmi les arbres.

J'entends sonner les cloches du soir. La pellicule d'eau s'attendrit. Le transbordeur s'agite, faisant crisser les cordes entre elles. Le soleil a soudain disparu.

Je demeure comme posé sur une tache d'encre ancienne. C'est le fond de l'univers qui remonte et m'éclaire de ses reflets. J'ai le visage que porterait un garçon plus âgé.

Je rentre. Je pousse la porte, tire une chaise, bois un verre d'eau, et monte m'allonger contre Birgit. Ses mains plongent dans mes cheveux. Des mains blondes qui me rappellent les lattes de bois sur lesquelles je flottais il y a encore une heure. Je passe de main en main et m'enfonce dans la nuit. Mes yeux sont des fruits roses.

Les copines de Birgit me transmettent leurs odeurs. Je navigue par le souvenir sur leurs corps, passe de bras en bras, me faufile entre des îles de peau. Leurs seins modèlent mon corps. Le cliquetis de leurs breloques crée des constellations qui me guident dans la nuit.

20

Pol

J'ai failli m'appeler Pol. Je suis le narrateur des livres de Paul écrits par Jan, qui n'est autre que Paul, comme moi. Je ne quitte jamais mon téléphone. Je suis redevenu Paul, à la demande de Paul. Jan s'est exécuté. Il raconte ma vie. Enfin, celle de Paul. Il m'a consacré tout un livre. Son premier.

Jan m'a tout donné. Un pays, une famille, des amis. De quoi exister. Un jour, il me donnera peut-être la mort, ou la folie. Selon ce que Paul dira. Qui peut savoir à l'avance ce qu'un écrivain fera ? En attendant, il m'a donné un téléphone, qui est comme un radeau sur lequel je vogue. J'ai hérité du téléphone de Birgit. C'est comme si j'avais maintenant accès à un tas de secrets enregistrés. Ce téléphone, c'est un peu le carnet de Paul, celui qu'il cache dans le watergang.

Je ne suis pas très doué pour l'aventure. C'est Paul qui tient les manettes. Et l'aventure, ce n'est pas son fort. Paul représente ce que j'ai de plus cher. Il n'a pour ainsi dire jamais de réponses à mes questions, mais il est plein de sollicitude. Il fait ce qu'il peut. Je prends pour moi ses doutes et ses peines sous l'œil avisé de Jan. Grâce à quoi je peux voyager, faire le tour de la terre et recommencer. Je peux traverser les déserts, la pampa, et me cacher en mer, comme dans les forêts. Je peux regarder faire les autres et me tenir à distance. Je peux me taire et rester aux aguets.

Je peux aussi voler et tomber du ciel. Je peux prendre feu et traverser les flammes. Je peux atterrir de justesse et vivre nu sur une île à l'écart des hommes. Je suis un enfant qui a les yeux roses. Pol est mon nom quand on me lit dans les livres.

Pol et ses polders aurait pu être un titre parfait pour un roman. Mais Paul en a décidé autrement. J'ai grandi entre Jan et lui. Et les gens m'ont suivi. Ils sont montés à bord de mon téléphone et ont fait un bout de chemin avec moi. On leur a parlé de mes proches, et de mes fantômes. Certains lecteurs ont apporté à mes récits leurs propres fantômes, leurs propres téléphones, et leurs propres réponses. Certains se sont cherchés, m'oubliant dans un coin. Ils sont allés plus loin, en eux, sur des ponts reliant d'autres ponts, dans des champs s'accrochant à d'autres champs, sur des routes coïncidant avec d'autres routes, avec des paroles qui se sont superposées à d'autres paroles. Je ne suis jamais seul à bord.

Je suis ce qu'on appelle un personnage. Un sacré personnage. D'aucuns en perdraient la tête. Par bonheur, j'ai un maître. Il m'envoie au bout du monde, plus souvent, juste derrière la porte. Je descends des escaliers, je remonte un fleuve, je quitte une maison, je découvre l'amour. Je joue des coudes, je cours dans le jardin. Je change de chemise comme je change de train. Je tiens en trois lettres. Je suis grand car je n'existe pas. Je peux tout car je ne suis rien. Je me promène et j'attends le bon vouloir de mon metteur en scène.

21

Paul

Je n'écrirai pas comme un écrivain. Ça me réussira. Je commencerai par : « J'ai treize ans, j'habite Middelbourg et je ne suis pas écrivain. » Ma sœur va accoucher d'un jour à l'autre. Ne comptez pas sur moi pour vous raconter sa vie ni la mienne. Je vais juste déposer ici ce que la nuit trimballe avec elle. Et ce que je vois s'allumer sous la porte. Depuis que Birgit dort dans la chambre de mes parents la lumière a changé de camp.

Super dort en bas maintenant. Elle squatte notre canapé qu'elle ouvre et qu'elle replie tous les jours, comme un corps atteint d'une maladie rare, et qu'il faut s'efforcer de rééduquer. Quand Super est en retard, c'est moi qui le replie, le canapé. J'ai l'impression de replier ma mère. Je ne serai jamais en retard nulle part. Je m'en fais la promesse. Birgit est très souvent en retard. Où qu'elle aille, c'est toujours un truc qu'elle rate ou qu'elle démarre du mauvais pied. En cours, c'est pas la peine. Surtout en ce moment. Déjà pour ses dents, elle était en retard. Pour marcher, pour ses règles, à chaque fois, elle a été en retard. C'est pas qu'une question de montre qui se dérègle. Il y a une combinaison foireuse dans son ADN. Je ne vois que ça.

Je ne suis jamais en retard, et je ne ferai jamais semblant, même de temps en temps, juste pour ne pas attirer l'attention.

Non. Ce coup-ci, ce sera sans moi. Tant pis si on trouve que je ne suis pas comme les autres. Je crois que c'est pour exister que Birgit se met tout le temps en retard pour tout. On l'attend, on s'inquiète, on pense à elle. Inutile de lui demander de prendre exemple sur moi. C'est plus fort qu'elle. Je ne peux être un exemple pour personne de toute façon. Il n'y a qu'un Paul.

Je pourrais très facilement tuer des gens et les manger, voyez-vous. Mais je peux aussi arrêter quand je veux de dire des conneries et parler de ce qui fâche vraiment. De Jeroen ou de mon père, par exemple. De mon âge, qui n'a aucun sens et ne me protège de rien. De mon poids et de ma taille qui n'ont aucune espèce d'importance. De ce que l'on jette comme ordures dans les canaux. Sous prétexte que c'est bientôt la fin du monde, les gens se croient tout permis. Ils peuvent tout saloper.

Perdu pour perdu. Vous voyez. Ce genre de connerie. Les polders sont la vie. Qui peut sérieusement vouloir en faire des dépotoirs ? Quand je rentre à la maison après ça je suis furieux. Je ne supporte pas qu'on ne respecte pas la nature. Birgit est sur le canapé, elle le voit tout de suite. Il y a encore quelqu'un qui a jeté son vieux lave-linge dans un canal ? Je grince des dents. Vivement que Birgit s'occupe de Lucien. Je ne relève pas. Si Lucien devait finalement s'appeler Jeroen Jr, je crois que ça ne me mettrait pas autant en colère.

22

Kim

J'ai changé de chambre. Maman m'a cédé son lit. Elle est descendue d'un étage. Elle a pris le canapé. Je deviens trop grosse. Je dors trop mal. J'ai besoin d'intimité. Paul n'a pas fait d'histoires. Il a notre chambre pour lui tout seul. Je ne le réveillerai plus. Curieusement, ça nous a rapprochés encore. Je veux dire, de changer de chambre. On a plus que jamais envie de passer du temps ensemble. Il m'a proposé de venir avec lui sur le grand canal. Voyez-vous ça. Il dit que Lucien aimera flotter sur le transbordeur. On ira demain. On emportera des pommes et des noix. Je m'allongerai et Paul me fera traverser. On fera des allers-retours et ce sera comme si on était sur la mer. On fera comme si on attendait qu'un bateau nous croise. On fera signe. On nous regardera à travers des jumelles.

Notre père me prenait avec lui parfois. Je restais sur le pont pendant que lui était dans la cabine. Je saluais tous ceux qu'on croisait. Je portais des couettes et ma robe était trop courte. Paul dit que j'ai besoin d'air. Que Lucien a besoin de courant. J'ai hâte d'entendre le bruissement des arbres faire comme un arc-en-ciel sonore au-dessus de nos têtes.

Demain. Je mettrai mon pull bleu à torsades tout déformé. J'aurai aux pieds mes vieilles chaussures en daim couleur sable. Je laisserai mon téléphone à la maison. Paul m'a demandé qu'on ne soit qu'à deux pour une fois. En échange, il fera ce que je lui demande pendant deux jours. Je n'y ai pas encore réfléchi. Qu'est-ce que je pourrais lui demander ? Si j'osais, je lui demanderais d'aller se réconcilier avec Jeroen. En tout cas, c'est ce que je voudrais. Je verrai demain. Je ne veux l'obliger à rien. Je m'en moque de Jeroen. Je l'aime bien, ce n'est pas ça, mais je ne vais pas me prendre la tête avec mon frère, il y a plus important. Demain par exemple. C'est devenu important. Demain sera toujours plus important à partir de maintenant.

Il y a longtemps que je ne suis pas sortie de Middelbourg. Hors de la maison, du Holy Hour, de la supérette et des cours. Le monde s'est effacé hors du village. Le brouillard s'est installé durablement. Après l'accouchement, si Paul m'accepte, j'irai courir avec lui dans les polders. On ira peut-être jusqu'à la plage. Sans doute pas tout de suite après, je ne serai pas en condition. Mais promis, j'irai me tremper les pieds dans l'eau de mer. J'enverrai des textos aux copines et j'en recevrai autant, il me faudra les lire à la vitesse du mascaret.

J'expliquerai demain à Paul ce que c'est qu'un mascaret. Il lui faudra partir d'ici pour voir un jour se produire un pareil phénomène. En Chine, au Brésil, ou en Angleterre. Tiens, sur la Severn par exemple, le plus long fleuve du Royaume-Uni. La légende prétend qu'une princesse s'y serait noyée, lui donnant ainsi son nom. Sabrina. Je trouve tellement romantique qu'une rivière puisse porter le nom d'une princesse. J'imagine la Kim River. Que l'on donne mon nom à un canal m'impressionnerait déjà beaucoup. Je serais super fière.

Je raconterai une histoire de prince et de princesse ce soir à Lucien. Une histoire d'amour avec rendez-vous sur le canal de Middelbourg. Chacun arrivera de son côté sur sa propre barque. À une extrémité du canal il fera jour, à l'autre extrémité, il fera nuit.

23

Paul

Birgit a des histoires tristes en réserve qui ne demandent qu'à la submerger. Chez elle, c'est signe de bonne santé. Sa mélancolie lui remonte le moral. Hier, nous sommes allés sur le transbordeur. Nous sommes d'abord restés ensemble sur l'eau sans échanger la moindre parole. Birgit était triste et j'étais heureux de la voir triste. Ça semblait lui faire du bien. Alors je ne tiens pas spécialement à revenir sur la journée. C'est, comme qui dirait, privé. Cette journée n'appartient qu'à nous. Jan n'en saura rien. Je ne veux pas qu'il s'en serve.

Hier, le temps n'existait plus. Voilà ce qu'il y a à retenir. On dit facilement que le temps n'existe pas. On le dit trop facilement. Sauf que là, le temps n'était réellement pas là, pas du tout du tout. On ne l'avait pas apporté avec nous. Rien dans les poches. Birgit ne l'avait pas tressé dans ses cheveux. On a joué avec lui à un deux trois soleil, passant d'une rive à l'autre du canal sans qu'il puisse nous rattraper. Le temps s'est fait sous-marin, et nous, nous flottions à l'air libre, les pieds dans l'eau, les chaussures bien rangées côte à côte sur le ponton. Mes sabots fourrés ressemblaient à deux chauves-souris endormies. Voilà ce qui s'est passé hier. Des chaussures se sont endormies sur un transbordeur, se gardant bien de rêver de pas plus grands ou de voyages plus longs. On se trompe si souvent sur les voyages. Il y a sur l'immobilité des trésors qu'il faudrait écrire. Mais pas aujourd'hui.

Kim ne sait pas pourquoi elle s'appelle Birgit. Mais Birgit non plus ne sait pas pourquoi ma sœur s'appelle Kim. Pourquoi mon père a voulu de ce prénom ? Pourquoi ma mère ne sait pas me répondre quand je lui pose la question ? Super ne sait pas non plus pourquoi elle s'appelle Julia. Ses parents ne le lui ont pas dit. Et Jan ne sait pas non plus pourquoi je m'appelle Paul. Je ne peux pas lui répondre. Et c'est vrai ça, pourquoi je m'appelle Paul ?

Lucien ne saura jamais pourquoi sa mère a eu l'idée de l'appeler Lucien et non John. S'il s'était appelé John, on aurait su lui expliquer pourquoi. Oh, elle lui racontera un tas de trucs sur les antihéros, mais a-t-elle seulement rencontré un héros dans sa vie ? Et si Lucien devenait un héros ? Tout son raisonnement tomberait à l'eau.

Les légendes n'ont pas besoin de nous pour naître. Il y a juste un jour un transbordeur, les caprices du ciel, des gens qui changent, des reflets sur le canal, et subitement, l'eau n'a plus la couleur de l'eau. Une légende est en train de naître. Hier, l'eau est passée par toutes les couleurs qui font les légendes. Argent, or, noir, bleu cendré, jade, mais aussi jaune polder, ivoire, rose azur, et rouge réglisse.

Hier, nous avons senti la menthe, la vase, le pudding, le muguet, la chaîne de vélo, la corde brûlée. Toutes ces odeurs étaient dans ce que l'on mangeait. Des pommes et quelques noix. Birgit m'a appris la signification du mot *poncif.* Elle a dit que son synonyme était *lieu commun*. Elle m'a parlé du lieu commun comme d'une faiblesse, une marque d'ignorance, un manque d'originalité. J'ai répondu que j'aimais bien cette expression, *lieu commun*. Je me la répétais pour moi-même. Je la préférais au poncif. J'ai affirmé que le transbordeur était notre lieu commun. Elle a souri. Le ciel. Le fond du canal. Nos pommes. J'aimais l'idée que tout cela pouvait être des lieux communs.

24

Super

Décidément, je ne mérite pas le nom qu'on me donne. Je n'ai qu'une envie, réintégrer ma chambre. Une semaine de canapé et me voilà déjà brisée. Trop de souvenirs me rentrent dans les reins. Un couple qui part à vau-l'eau, et on descend finir sa nuit au rez-de-chaussée, on laisse son mari se débrouiller là-haut avec ses angoisses, puis un jour le lit se vide. Je n'en peux plus. Je ne peux pas continuer. Je suis vieille. Je ne veux plus penser à Jens.

Mon dos se disloque. Mes yeux se ferment quand je range les conserves sur les rayonnages de la supérette. Je ne dis rien mais je paie cher les nuits passées dans ce foutu canapé. Mon patron est compréhensif. Normal. Il a des vues sur moi. Il me bichonne. Je ne suis pas idiote. Mais je ne dis rien. Surtout pas. Je ne veux pas qu'on s'occupe de moi. Je ne veux pas qu'on me fasse de faveur. Je ne veux surtout pas que Kim culpabilise de quoi que ce soit. Ce n'est pas le moment. Elle est prête à accoucher. Je vais tenir jusque-là.

Le canapé a fait son temps, lui aussi. Paul ne manquera pas de proposer des solutions. Il sera attendrissant à vouloir paraître ferme, entreprenant. Il ira jusqu'à suggérer de me remplacer dans le canapé. Je m'y opposerai. Je n'ai jamais voulu faire peser mes problèmes sur les enfants. Ils le savent.

Il croira bien faire et insistera sans penser à mal. Je connais Paul. Mais pas cette fois. Je ne céderai pas.

Il est prêt à tout pour que je reste Super. Ce n'est pas une vie, ce canapé, c'est vrai, est-ce que c'est une vie d'ouvrir tous les jours un meuble en bois pour s'y allonger alors qu'on a un toit, une rue, une ville et un pays grand comme un jardin donnant sur la mer ? Tu n'es pas de la viande qu'on met au frigo. Paul fera des images. Il aura raison. Il sera excessif. Mais il aura raison.

Je ne m'en prends qu'à moi. C'est moi qui ai imposé à Kim cette nouvelle organisation. J'assume. Que faire, la maison est trop petite. Il nous faudrait une chambre supplémentaire. L'arrivée du bébé ne simplifie pas les choses.

On aménagera l'autre chambre. On improvisera un paravent. Paul aura son coin, et moi le mien. Il faut que tout se passe bien. Je ne souhaite pas voir Kim s'en aller de la maison. Ce serait une catastrophe. On doit rester soudés. Où irait-elle ?

Elle ne travaille pas, elle n'a nulle part où aller, personne pour les accueillir, elle et son bébé. Il faut qu'elle se trouve un travail. J'en ai parlé au patron. Il a dit qu'il verrait. Je lui ai dit qu'il y a de quoi faire à la supérette. Une personne en plus, ce ne serait pas du luxe. Je pourrais passer à la caisse et Kim reprendrait la manutention. Enfin. Il va réfléchir.

Un boulot. On aurait de quoi payer les travaux et des affaires pour le bébé. Kim passerait son permis. Elle organiserait un voyage. Je garderais le bébé. Je sais qu'elle en rêve. Elle embarquera Paul. Leurs premières vacances. Alors mes vacances à moi ce sera la maison pour moi toute seule. Je chanterai au petit déjeuner et je pleurerai avant de me coucher. Je boirai une liqueur en digestif et ça passera. Middelbourg me paraîtra de la taille d'une ville. M. Wouters viendra dîner un soir. M. Wouters ne sera pas mon patron ce soir-là. Il voudra que je ressorte mes vieux disques. Et mes cartes à jouer. On fera une réussite.

25

Kim

Mon père m'a envoyé un colis. Il contient un parfum et des lettres. Une pour moi, une pour Paul, une pour notre mère. Je reconnais l'écriture de Julia. C'est elle qui a dû penser au parfum. Mon père lui a sûrement demandé de choisir un flacon dans un magasin. Il s'agit de Geranium Bourbon de Miller Harris. Il est marqué *London* sur le flacon. Je vais leur répondre et leur dire qu'il sent bon. Ils ne racontent pas grand-chose dans la lettre. Toujours pareil. On va venir. D'ici là, porte-toi bien. Oui, mais quand ?

Garde un œil sur Paul. Embrasse ta mère. P.-S. : Je t'enverrai bientôt un peu d'argent. J'ai donné à Paul et à ma mère leurs lettres respectives. Sur l'enveloppe adressée à ma mère, l'écriture est différente, un peu hasardeuse. On lit juste *Julia*. Sur l'enveloppe adressée à Paul, on lit *Pour ton frère*. J'ai regardé ma mère du coin de l'œil. Elle avait mis ses lunettes loupes achetées à la supérette.

Paul est sorti de la maison. Il a plié et fourré sa lettre dans la poche centrale de son sweat. Je suis allée dans ma chambre et me suis parfumée. J'ai commencé par appeler les filles. J'ai eu l'idée de prendre mon ventre en photo. Je l'ai pris sous toutes les coutures. À la fin, j'ai fait un envoi groupé à Jeroen. Il m'a répondu dans l'instant. Il m'a étonné. Quand ? Tout de suite. Où ? Chez moi, tout de suite, viens. J'ai répondu non, demain. Juste pour ne pas filer chez lui tout de suite comme il le demandait.

Une heure plus tard, j'ai envoyé un nouveau message. Pas chez toi. Rendez-vous demain sur le transbordeur. J'ai reçu une émoticône qui fait un clin d'œil. J'étais contente. J'ai sélectionné une photo dans mes images et je l'ai envoyée à mon père avec un mot. Merci pour l'eau de toilette. Je vais bien. On voit mon ventre sur la photo. Personne à la maison ne sait que j'ai son numéro. Il me l'avait marqué un jour au bas d'une lettre. Il n'y a que les jumelles qui sont au courant. Je leur ai même avoué où il habitait. J'ai l'adresse.

D'ailleurs, elles viennent d'arriver et on parle de lui. Elles se passent le flacon de Geranium. Elles demandent si elles peuvent s'en mettre. Je leur dis pas ici, pas dans la chambre, avant de partir, quand elles quitteront la maison, sinon je vais dégueuler. Elles portent déjà le leur et c'est déjà limite.

J'ouvre la fenêtre. Je vois Paul qui revient. Il me voit. Il me regarde. Il a les mains dans les poches. Il reconnaît les vélos des filles. Il hésite devant la porte. Je le vois qui renonce. Il repart. Je ne sais pas où il va. Au Holy Hour ? Il n'y va jamais sans moi. Il est trop tard pour les polders. Il va dans le bourg, redessiner les rues, il traverse les murs, il est en brique.

Il y a longtemps qu'il n'est pas allé voir Zachariasz. Ils étaient dans la même classe l'année dernière. Cette année, ils sont dans des classes différentes. Ce serait bien que Paul aille chez Zac. Je l'aime bien Zac. Je sais qu'avec lui, Paul ne risque rien. Je me fais du mouron quand je le sais seul en train de traverser les murs de Middelbourg. Ce n'est pas son terrain habituel. Je lui dirai demain. Va voir ton ami Zac. Il n'y a pas de raison de ne plus se voir parce qu'on n'est plus dans la même classe. Il gardera ça pour lui et ruminera quand il sera seul.

Paul est du genre à penser que ce qui n'est pas là n'existe pas. Faut que je lui explique qu'il se trompe. Je prendrai exemple sur le bébé. Tu vois Paul, le bébé n'est pas encore là et pourtant il existe. Vois comme il bouge et comme je suis tout entière déterminée par ce qu'il fait. Il fera l'étonné mais saura très bien de quoi je parle. Le nombre de trucs qui vivent en Paul et qui ne réussissent pas à exister, je n'ose pas y penser. Si seulement Jeroen pouvait comprendre la moitié de ce que je dis là.

26

Paul

Je relis ma lettre. Elle provient bien d'Angleterre. Je la pose sur l'eau après en avoir fait une cocotte. Je la regarde flotter. Le courant l'emporte. Le canal ne fait pas de différence. Il emporte tout. Peu de chances tout de même que cette lettre rejoigne la mer, elle coulera avant. Pas la moindre chance qu'elle aille s'échouer sur la plage d'en face. Le papier se gonfle peu à peu, puis s'affaisse comme de la pâte à crêpe dans le fond d'une poêle. Je m'allonge sur le dos. J'ai encore l'enveloppe dans la main. Je l'inspecte en détail. Je cherche à faire se coïncider les bords avec ceux d'un nuage qui passe par là au-dessus de ma tête.

J'ai plié les coins à mesure que le nuage avançait. J'en ai fait une boule et l'ai laissée tomber sur le plancher du transbordeur. J'ai fermé les yeux. Ma lettre racontait une histoire. L'histoire d'un papa qui vit par-delà les mers et se promène le dimanche dans la lande. Elle doit lui rappeler les polders de son enfance. Le passé met de jolis cadres autour des images. De jolis cadres dorés au coin desquels, parfois, on lace un cordon noir.

Des vieux cadres, j'en ai tout un stock. Les greniers qu'on a dans la tête n'attendent pas le nombre des années. On arrive au monde avec déjà de quoi remplir la pièce sous les combles. Une mer d'encombrants, ce grenier.

Moi et mon radeau, nous ne faisons qu'un. Nous tenons en équilibre sur l'arête du monde. La terre détrempée ne demande qu'à nous avaler. J'ai ramassé la boule de papier qui se déplaçait toute seule par petites secousses, légers envols aussitôt avortés. On aurait dit un poisson atterri là par erreur après un saut inopportun hors de l'eau. Je m'en suis saisi et l'ai avalé. J'ai mâché le papier humide suffisamment longtemps pour qu'il puisse passer dans ma gorge sans me blesser. Il avait le goût de l'encre mêlée à la vase.

Tous les nuages avaient disparu du ciel. Le ciel même semblait avoir quitté la partie. Ce n'était ni bleu ni gris. C'était juste blanc, un blanc épais comme l'automne sait en produire. J'ai pensé que je pouvais me noyer dans ce ciel. Que je pouvais y tomber de tout mon poids, quand bien même je ne pesais rien. J'étais une latte de bois aussi dure et froide que les autres. Et j'étais comme elles, fixé à la structure par de solides rivets rouillés.

Quand ils ont posé le pied sur la barge, j'ai ressenti dans ma chair comme une décharge électrique. Birgit et Jeroen m'ont souri. Désolés de te déranger. Ils étaient là. Ils remplissaient mon ciel. On ne voulait pas te faire peur. Excuse-nous. Birgit sentait bon. Jeroen sentait comme elle. Ils sont passés à côté de moi et se sont assis. Birgit a passé sa main dans mes cheveux pour les recoiffer. Tu devrais retourner à la maison. Avec ce colis que papa a envoyé, j'aime pas savoir maman toute seule. Jeroen était silencieux. Le voir avec Birgit rendait tout plus mat. Même la voix de Birgit avait changé.

D'habitude, la présence de Birgit s'accompagne toujours d'une sensation de redoux. Pas là. Jeroen a allumé une cigarette. Birgit a pris une bouffée et lui a rendu. Il m'a ensuite tendu la cigarette d'un geste naturel. J'ai pris une bouffée et la lui ai rendue. Un bateau est arrivé. On ne l'a pas quitté des yeux. Le contre-jour était tel qu'on ne distinguait personne à la barre. Dans son sillage, un papier blanc a émergé puis a coulé de nouveau dans un remous.

Je me suis levé. Qu'est-ce que je dis à maman ? Dis-lui que je serai à l'heure pour dîner. Jeroen m'a salué. Ma main est sortie de ma poche comme un bout de papier qui s'envole. Quand Jeroen s'en est emparé, elle s'est déchirée. Birgit m'a envoyé un baiser qui avait la couleur de ma déchirure. Sur tout le chemin du retour, j'ai eu l'odeur du tabac humide dans la bouche et celle du géranium fané dans le nez. Super m'a pris à partie dès que je suis rentré. Tu as fait une bêtise, toi.

27

Kim

Je n'ai pas eu mal quand Jeroen m'a pénétrée. En revanche, je l'ai un peu senti passer quand il a joui. Il était si excité. Il s'est un peu énervé. Il s'est excusé tout de suite après. Il m'a demandé si c'était bien. Oui. Il avait l'air rassuré. On a quitté le transbordeur aussitôt après. Sur le chemin du retour, on n'a rien dit. Jeroen a été tendre. Il a posé la main sur mon ventre. Puis il a allumé une cigarette et me l'a tendue. J'ai refusé en secouant la tête. Il n'en avait pas réellement envie. Il ne savait juste pas quoi dire.

On a longé le canal jusqu'au calvaire de Middelbourg et on s'est quittés, empruntant chacun une porte différente pour entrer dans le village. Je n'avais pas encore atteint la maison que Jeroen m'envoyait un SMS. Je t'aime. Je suis rentrée chez moi en remettant le téléphone dans mon sac. Paul et maman m'attendaient à table. Paul rédigeait quelque chose sur un cahier et maman terminait une réussite entre les assiettes vides. La télévision était allumée. Dans la cuisine, maman avait laissé la radio allumée. Je suis passé devant eux en promettant de redescendre très vite.

J'ai pris une douche et me suis mise à l'aise dans une tenue large en coton. Une fois à table, j'ai reçu un autre SMS. J'ai attendu pour le lire. J'ai attendu de manger, de débarrasser la table avec Paul, et de démarrer un film. Alors que je regardais distraitement une scène où deux types comparaient leurs armes à l'arrière d'une Mercedes, j'ai consulté ma messagerie. Jeroen était tout retourné. Il répétait sans cesse qu'il m'aimait.

Paul était allongé sur le canapé, les pieds sur les genoux de maman. Maman dormait. Une carte était tombée par terre. Elle était face contre terre. C'était la règle du jeu. La carte avec laquelle on ne joue pas. Je l'ai remise dans la boîte avec les autres cartes et suis montée me coucher. Paul a traîné un peu dans la salle de bain. Je l'ai entendu remuer, déplacer des objets, faire tomber quelque chose. Je me suis endormie au milieu du tintouin.

Au petit déjeuner, je lui ai demandé ce qu'il avait foutu la veille dans cette salle de bain. Il m'a répondu qu'il n'avait pas été dans la salle de bain, que j'avais dû rêver. N'importe quoi, je t'ai entendu. Tu as rêvé, a-t-il dit d'un ton définitif. Allez, dis-le-moi, qu'est-ce que tu foutais ? Alors il m'a dit, ferme ta gueule, tu commences à me faire chier. Maman est arrivée et s'est trouvée à deux doigts de le gifler, mais elle s'est retenue. À la place, elle a crié dans ses yeux.

Le soir, on s'est retrouvés comme au matin, à devoir trouver une solution pour arranger la situation. Maman a demandé si elle pouvait compter sur nous, et patati et patata. Elle ne s'est pas énervée. Je ne me suis pas énervée non plus. Paul a boudé. Paul ne voulait pas être dans la même chambre que maman. Ça le gênait. Il a exigé de prendre la place de maman, dans le canapé. Maman s'y est d'abord opposée, prétextant que ce n'était pas des conditions pour un enfant de son âge, que ça se ressentirait forcément sur son comportement à l'école. Paul était obtus. Il protestait, disait qu'il était assez grand, que dormir en bas n'aurait aucune incidence et n'influerait en rien sur ses résultats scolaires ni sur quoi que ce soit d'autre d'ailleurs. Maman ne voulait rien entendre. Ils me fatiguaient tous les deux. J'en suis venue à dire qu'on n'avait qu'à reprendre nos places, comme avant. J'ai dit ça exactement comme ça, on n'a qu'à reprendre nos places, comme avant.

Il y a eu un drôle de passage à vide. On s'est sentis tous les trois comme pris sur le fait, de quoi, je ne sais pas, mais c'était comme un aveu, on reconnaissait une faute, un machin dans notre esprit malade, je ne sais pas, comme une honte partagée. On a pleuré ensemble autour de la table. On avait envie de se prendre dans nos bras, mais la table nous maintenait à distance. Elle continuait de faire de nous une famille, présentant toujours quatre côtés même si elle ne tenait que sur trois pattes.

28

Paul

Ma mère se couche et s'endort. Elle se met sur le dos et ne bouge plus. Elle ne ronfle pas, ne se retourne pas, ne parle pas pendant son sommeil. Elle meurt. Pour moi, elle meurt. Au petit matin, elle se réveille sans faire sonner dix fois son réveil. Une fois suffit. Elle l'éteint et se lève. Elle enfile une robe de chambre jetée sur le haut du paravent sorti récemment du débarras. On l'a monté pour créer une séparation entre nos lits. Chacun son petit coin. Chacun sa petite concession.

Elle sort en robe de chambre. On l'entend prendre possession de la salle de bain. J'attends qu'elle sorte pour me lever à mon tour. J'entends son corps se cogner contre l'émail de la baignoire, j'entends les tuyauteries démarrer comme un diesel et l'eau couler en remontant depuis la salle des machines. Il arrive que Kim soit déjà en bas en train de déjeuner. Les nuits commencent à être difficiles pour elle. Elle ne sait plus trop comment se mettre. Elle ne sait plus trop non plus sur quel pied danser. Je l'appelle Kim maintenant. C'est plus tranchant. Et puis c'est le prénom que mon père lui a donné après tout.

Elle a perdu l'habitude. Ma mère ne s'attarde pas. Kim, Birgit, tout ça lui échappe. Elle ne s'attarde pas. Elle ne s'attarde jamais. Ni dans la salle de bain, ni à table, ni devant son café, ni dans la rue, et certainement pas sur le chemin de la supérette. Ma mère va et vient, se couche et se lève, nous dit ce qu'il y a à dire et se tait sur le reste.

Je suis le premier. Il faut bien un premier à table. Le couvert est mis. Elle arrive. On se sert. Kim arrive. Elle a la tête en l'air, moi dans le guidon, Super ne prête pas attention. Ma mère est la femme standard de Middelbourg. Son fils est lui le garçon typique des polders. La différence tient à une muraille qui sépare le village du watergang. Ma mère sort enfin. Je me lève et monte pour voir son lit. Les draps sont rejetés sur le côté. J'observe son empreinte sur le matelas, les cheveux accrochés à la taie d'oreiller, une ombre d'humidité en cours d'évaporation au niveau des reins. Je vais à la fenêtre, j'ouvre les rideaux, je frotte la vitre avec le coude, j'avise le temps.

Un nouveau jour entame sa lente érosion de Middelbourg. Maman s'y engouffre. Je suis seul avec Kim, qui ne tarde pas à remonter après une petite vaisselle. Je me prépare. Je n'ai encore rien dit. Je ne suis pas du matin. Ni du soir. Maman m'a laissé de l'argent pour que j'aille me faire couper les cheveux chez Una, une vieille amie de la famille. Papa fut son premier flirt, dit-on. Avant de connaître maman. Ils étaient encore à l'école. Mon école. Paraît-il qu'Una parlait déjà de devenir coiffeuse. Papa ne parlait déjà pas beaucoup. Comme toi, me dit Una. Tu lui ressembles plus que tu ne crois mon garçon.

Pas forcément sur le plan physique, ni même dans les attitudes, mais sur le plan des lubies, le côté qui ne s'explique pas. À l'entendre j'en serais la copie conforme. J'ai des lubies. Première nouvelle. Comme des obsessions, quoi. Je préfère *lubie*. *Obsession*, ça fait adulte. Comme obscène. *Lubie* non. C'est comme un joli prénom de fille. Je le réserve pour plus tard. Jan saura quoi en faire.

29

Canal

Les terres sont veinées de fossés humides dans lesquels se décomposent des corps naturels et, depuis peu, des corps étrangers : meubles cassés, pneus éclatés, bouteilles vides, dépouilles de jouets, carcasses d'animaux... Dieu merci, on entretient les polders et les déchets sont traités aux quatre coins du watergang. Mais il subsiste ci et là des reliques, des détails. Le diable en personne. Le temps finit par tout dissoudre. Et on n'en parle plus.

Par endroits, des moulins inactifs se dressent semblables à des dieux impuissants. Ce sont autant de chapelles aériennes au pied desquelles on ne vient plus se recueillir. Plus rien ne tourne ici, il n'y a que les vieilles maisons pour continuer de grincer. On prie chez soi. Les vents violents se sentent comme chez eux. Ils tournent en rond. Il est fréquent de perdre la tête à Middelbourg.

Heureusement, il y a des transbordeurs. Heureusement, il y a les digues. L'infini se délimite et rien ne déborde. J'ai pour moi cette liberté de couper à travers tout en droite ligne. J'ai la chance d'être appelé par la mer et de ne jamais me perdre. Je sais où je vais et comment y aller. C'est tout droit. Je suis l'aiguille de ma propre boussole. Toujours dirigée vers le nord. Sur ma route, je croise des amants partis se réconcilier sur le plancher d'une barge. On se dénude, on fait l'amour, on est comme au premier jour. J'ai vraiment de la chance.

30

Paul

Paul a des lubies. Paul et ses polders. Paul et ses yeux ouverts, tantôt marron, tantôt verts. Je note sur un carnet des phrases qui commencent par Paul. La liste s'allonge. Paul et les roses. Paul et ses conneries. Paul et son carnet. Mon carnet. Kim est tombée dessus. Elle n'a pas ri. Moi non plus. Je n'ai plus rien à cacher. Rien à justifier. Pourquoi ci, pourquoi ça, pas la peine. Kim ne cherche pas à savoir. Fini. Elle ne se pose plus de questions. Merci Jeroen.

Elle s'appelait Birgit ? Très bien. Elle s'appelle Kim à présent. OK. Paul a un carnet avec *Paul* noté dessus plein de fois ? Bon, et alors ? Kim peut désormais en rester là. Paul a des lubies. Point. Pourquoi chercher midi à quatorze heures ? *Paul* est un nom trop court. Il faut peut-être qu'on l'agrandisse. Qu'on lui adjoigne d'autres mots. Tiens. Est-ce que Jeroen sait que *Kim* vient de *Kimberley* ? Non. Kim ne le sait elle-même que depuis peu. C'était écrit dans sa dernière lettre. Kimberley. Vous m'en direz tant. Un nom d'actrice, sûrement. Et comment je le sais ? Ne suis-je pas ce garçon qui dort les yeux ouverts et qui voit tout et qui sait tout ? Ne puis-je donc pas voir plus loin que la nuit ?

Ah, Jeroen, *Kim* est un nom trop court pour toi, n'est-ce pas ? Tu ne sais pas quoi mettre derrière. Et si tu mettais ce bébé derrière le mot *Kim* ? Tu sembles t'être décidé. Très bien. Voyons si tu tiens parole. Voyons ce que cela va augurer. Tu n'as plus peur. Tu ne fais plus l'enfant. Je ne suis pas le père, je ne suis pas le père. Voyez comme je suis moi-même encore un enfant, voyez comme je ne peux être celui que vous dites que je suis. Fini, ça. Maintenant tu es Jeroen le père de Lucien. À la bonne heure. Voyons cela.

Ne t'inquiète pas Jeroen. Personne n'ignore la réalité des pères. Le nôtre vit en Angleterre et n'a plus d'enfants. Comme il est court le destin d'un homme quand il n'est pas préparé. T'en rends-tu bien compte ? Ce n'est pas à mon père que je ressemble, Una se trompe, mais à son absence. L'absence, sais-tu le mal que ça fait ?

Paul et ses gros sabots. Nouvelle page. Pour plus tard. Pour Jan. Il en fera des confettis s'il veut. Il a toute liberté. Tout ce qu'il fera sera bon. Tout ce qu'il décidera sera validé. Ah Jeroen, comme il sent bon ce parfum. Comme il est doux. Comme il prolonge à merveille les cheveux courts de Kim. Comme il lui donne davantage de présence, davantage d'éclat. Quelle belle essence. Comme le géranium peut se faire rose quand il veut. Je m'en mets en cachette avant de me coucher dans le lit des polders. Si tu savais comme il se marie parfaitement avec les pissenlits frais. Comme il gagne à se répandre par-delà les murailles de Middelbourg.

Connaîtras-tu jamais cette ivresse, Jeroen ? Revenir à la maison le soir après avoir épousé la nature ? On est d'une fraîcheur unique que nul ne peut appréhender. Le watergang est un pur flacon de parfums uniques. Il te rend ta virginité.

31

Zac

Je n'ai pas vu Paul depuis longtemps. Qu'on ne soit plus dans la même classe n'explique pas tout. On ne se croise même plus dans Middelbourg. On ne vient plus se chercher l'un chez l'autre. On ne s'appelle pas. Il ne s'est rien passé entre nous pourtant. Un jour, Paul n'a plus donné signe de vie, et j'ai fait pareil. Je ne me l'explique pas.

Je vais seul chez ma grand-mère désormais. Avant, il m'accompagnait. La dernière fois que j'y suis allé, elle m'a encore demandé des nouvelles de lui. J'ai dit je ne sais pas grand-mère, on ne se voit plus, on n'est plus dans la même classe, il ne vient plus à la maison, et moi pareil, je ne vais plus sonner à sa porte. Je n'y pense plus. Ma grand-mère m'écoute. J'en ai sûrement trop dit. Elle ne comprend pas.

Un jour, ma grand-mère m'a fait venir chez elle un après-midi où je n'avais pas cours. Elle avait préparé des pâtisseries dont elle a le secret. J'ai eu droit à un chocolat chaud et à des gâteaux servis sur un plateau à côté duquel elle a posé un paquet. Elle a dit je t'ai mis des gâteaux pour ton petit copain. Tu me feras le plaisir d'aller lui porter. Je n'ai pas su quoi répondre. J'ai rapidement englouti un morceau pour pas avoir à parler, et bu par-dessus un peu de chocolat brûlant. J'ai pensé que ma grand-mère ferait mieux de s'occuper de ses gâteaux.

Je suis quand même parti avec le paquet en promettant de passer chez Paul. Je me suis débarrassé du paquet dans le puits du village. J'ai regretté tout de suite après. Je suis revenu sur mes pas et j'ai jeté un œil par-dessus la margelle. Il était sombre. J'ai attendu de m'habituer pour voir s'il y avait un moyen de sauver quelque chose. J'ai eu beau m'habituer, c'était toujours sombre. Ce n'était pas profond, mais on ne voyait rien. J'ai jeté un caillou et je n'ai pas entendu de plouf. J'ai entendu un *poc* à la place, comme si le caillou avait touché un fond rempli de boue. J'étais dégoûté.

J'ai laissé tomber. Je suis reparti en passant devant chez Paul. Sa rue était déserte. Je suis allé jusqu'au magasin de tabac et j'ai tourné à l'angle. Je ne me suis pas arrêté. Plus loin, au milieu d'une rue, il y a un porche sous lequel on passe pour rejoindre une autre rue. Ma rue à moi. J'habite au bout. Au bout de l'impasse. Avec Paul, on est souvent restés à se parler sous ce porche. On regardait les gens. Les gens sur des vélos trop grands. Les gens avec des petits cigares éteints au coin des lèvres. Les gens avec les paquets des courses en papier kraft. Les gens qui revenaient du travail. Les gens qui croisaient des gens. Les gens adossés à des murs et qui regardaient les gens passer. Les gens de Middelbourg. Comme nous, attendant que le temps passe.

Certains passaient sous le porche sans même nous saluer. Certains restaient avec nous le temps d'une averse et faisaient comme si on n'existait pas. Ils avaient les yeux vagues. On n'aimait pas trop jouer avec les autres. On n'aimait pas les gens qui nous ignoraient. On les imitait pour se moquer. On était méchants. Ceux qui remarquaient notre petit manège riaient bien. Des gamins surtout, qui jouaient plus loin. Nous, on n'aimait pas jouer. Est-ce qu'on se moquait de nous ? Comment savoir.

On nous voyait aller et venir. On ne restait pas trop en place. Sauf quand il pleuvait et qu'on se tenait sous le porche. Je rentrais au bout d'un moment et Paul allait se dégourdir les jambes dans les polders. On se revoyait à l'école le lendemain. On se tenait côte à côte près des toilettes. On avait les mains dans les poches. Les autres n'approchaient pas, ils s'imaginaient peut-être qu'on avait des cailloux à lancer sur eux. On les regardait avec trop d'insistance. On n'espérait rien pourtant. On ne cherchait pas à les provoquer.

Il arrivait que Paul siffle un air des Beatles. Je sortais un gâteau de la grand-mère. On le partageait. Elle les emballait soigneusement, ça prenait du temps. Paul n'aimait pas trop les gâteaux. Il préférait siffler.

32

Paul

J'ai eu des amis. Puis moins. Aujourd'hui, je n'en ai pas. Je suis devenu l'ami de tout le monde, ce qui revient à dire de personne.

Il y a eu Zac. Il était dans ma classe. C'est le garçon que j'ai fréquenté le plus longtemps. Nous allions souvent voir sa grand-mère. Elle nous attendait avec le goûter. Nous restions dans la cuisine à regarder sa moustache transpirer au-dessus du saindoux. Elle préparait le repas du soir. Elle ne s'adressait qu'à Zac. Elle parlait en polonais. Ça ne me gênait pas. Je dirais même que ça m'arrangeait. Zac ne comprenait pas la moitié de ce qu'elle disait. Ça n'avait pas l'air de présenter un problème pour lui non plus.

J'aimais bien sa grand-mère. Elle était connue pour faire de très bonnes pâtisseries. On aurait dit des vieilles pommes de terre mal épluchées, mais au dire de Zac, et des autres, elles étaient succulentes. Je n'aime pas trop les gâteaux. Je n'en mangeais pas vraiment. Avec Zac, nous avons fait des choses assez amusantes. Je repense à cette fois où nous nous sommes montré notre zizi un après-midi de juin au fond d'un fossé. Je ne sais pas bien dans quelle catégorie ranger ce souvenir. Le moins bien, ou le moins pire ?

Une autre fois, nous nous sommes lancés dans une rédaction. Nous avons choisi pour thème les polders. C'était à celui qui raconterait le truc le plus dingue. Zac m'a pris comme héros de son histoire et a parlé de nos zizis. Moi j'ai dressé le portrait d'un serial killer qui découpait des gens et les jetait dans le watergang. Le professeur n'a pas jugé bon de nous noter. En revanche, nous avons eu droit à une convocation des parents au cours de laquelle tout le monde s'est regardé sans trop savoir quelle conclusion donner à cette affaire.

Nous n'aimions pas perdre notre temps. Ne rien faire. Ne rien regarder, ou alors sous un porche, le temps d'une averse, ou allongés sur un transbordeur à refaire le monde, ça OK. Mais ne rien faire du tout, ça non. Nous avons commencé à fumer pour cette raison, parce que fumer, c'est l'art suprême de ne rien faire. On a donc fumé, l'air de rien et sans y trouver de réel plaisir. Juste histoire de ne rien faire en beauté. Nous avons décidé aussi d'embrasser le même jour la même fille. Ce que nous avons fait, sans y trouver de satisfaction particulière. Juste histoire de. Une autre fois, nous avons essayé de nous embrasser nous-mêmes. Ce qu'on a fait, sans véritable goût pour ça non plus. Histoire de.

Nous ne nous sommes jamais bagarrés. Nous trouvions très ennuyeux de voir toujours les garçons se bagarrer entre eux. Nous avons passé des journées entières à nous ennuyer devant des vaches qui n'avaient rien demandé. Nous aurions préféré monter sur un cheval, mais là, nous rêvions. Ils ne se laissaient pas approcher. Nous avancions vers eux, ils s'éloignaient de nous, nous reculions, ils revenaient vers nous. Nous étions nuls. Je pourrais encore vous parler de tout ce que nous n'avons pas fait. Il y aurait à dire.

33

Lucien

Mon oncle fait une drôle de tête. Ma mère a l'air fatiguée. Ma grand-mère est partie fumer dehors. Je suis arrivé ce matin. Je suis en pleine forme. Je suis super content. Je ne fais l'objet d'aucune inquiétude. Tout va bien. Je sens que je vais m'entendre avec tout le monde. Ma chambre est en ébullition. Il y a ces deux jumelles qui électrisent l'air. Elles sont comme deux étoiles filantes au-dessus de mon berceau. Une promesse puissance deux. Elles m'adorent. Elles m'ont apporté des vêtements roses. Paul fait vraiment une drôle de tête. Kim rit tout le temps malgré la fatigue. Grand-mère est allée dehors fumer sa quatrième cigarette.

Elle y a croisé Zachariasz accompagné de sa mère. Les deux femmes sont restées à parler sur le trottoir pendant que Zac est monté. Paul a fait une drôle de tête en voyant son ancien copain apparaître dans l'embrasure de la porte. Ils se sont assis l'un à côté de l'autre et ils me regardent tous les deux assez bêtement. Tout à coup, maman s'est sentie bêtement émue. Je me suis alors senti bêtement présent au monde. Je me suis mis à pleurer. Grand-mère est arrivée et m'a pris dans ses bras. Maman m'a parlé et je me suis arrêté de pleurer. Les jumelles m'ont pris en photo dans les bras de maman et ont aussitôt envoyé l'image aux copines restées au Holy Hour.

En fin de journée, le patron de la supérette est passé rapidement. Il a offert des fleurs à maman et lui a demandé de venir le voir assez vite pour discuter. Maman paraît satisfaite tout en donnant le sentiment d'être complètement à côté de la plaque. Elle n'a même pas son téléphone à portée de main. C'est dire si elle est distraite. Paul et Zac sont sortis à leur tour dans la rue. J'espère qu'ils ne vont pas fumer une cigarette. Les deux grand-mères papotent encore un peu dans le couloir. Maman a demandé aux jumelles de me remettre dans le berceau. Elle est fatiguée. Elles ont compris qu'il était temps de retourner au Holy Hour. Elles l'ont embrassée une dizaine de fois, puis elles ont cherché à me parler dans un langage censé être compris par un nouveau-né. Adorables. Je leur ai balancé un sourire radieux. À ma merci qu'elles étaient. Elles ne voulaient plus partir.

Enfin, je suis seul avec maman. Elle se tourne vers moi et s'assoupit. J'ai compris qu'elle aimerait que je dorme avec elle. Je fais en sorte de fermer les yeux. Elle chantonne quelque chose de folklorique. Elle s'endort avant la fin. Elle ressemble à une petite rivière qui sort lentement de son lit. Elle se répand dans les champs et s'enfonce dans une couche de terre poudreuse. Paul revient. Seul. Il me parle. Il dit des choses dont il faut que je me souvienne plus tard. Il me fait jurer. Je fais une grimace. Il a l'air satisfait.

On parle à voix basse pour ne pas réveiller maman. J'entends des voix de femmes. La voix de grand-mère, la voix de cette femme qui lui répond, la voix de cette infirmière qui vient d'entrer. Le téléphone de maman sonne. Paul s'en saisit. Il le tend à maman qui se réveille brusquement. Elle change de visage. Elle se fixe sur moi. Elle raccroche. Elle hésite sur la manière d'annoncer la nouvelle. Elle jette un œil sur la porte entrebâillée. Elle tourne la tête vers la fenêtre aux stores baissés. Elle esquisse un bref mouvement de la tête en direction de Paul. Elle reprend le téléphone en main, s'assure qu'un autre message n'a pas entre-temps été réceptionné. Elle se redresse sur son lit. Elle replace son oreiller. Elle se tient droite à présent face à Paul. Elle l'invite à s'asseoir près d'elle. Elle lui prend la main.

Elle tente une première fois de dire quelque chose, mais bute sur le premier mot. Elle tente une seconde fois, échoue de nouveau. Elle laisse un temps pour que tout s'efface, un temps qui n'est ni court ni long. Le temps nécessaire. Ce que j'appellerais la face éphémère de l'éternité, dont je mesure déjà la fragilité. C'est papa.

34

Carnet

Je suis comme tant d'autres, excepté que je suis à Paul. Je ne suis pas unique, mais Paul l'est. Je ne suis pas seul. Paul a d'autres carnets. Certains sont remplis. D'autres sont vierges, encore sous blister. Je suis le carnet en cours. Je suis mince, souple, noir. Je ressemble à Paul. Je tiens dans la main de Paul. Mes pages sont ivoire, sans lignes, sans carreaux. On peut dessiner, mais Paul ne dessine pas. Paul écrit.

Enfin, Paul prend des notes, plutôt. Des bouts de phrases qui sonnent comme des titres. Paul fait ceci, Paul fait cela. Paul et untel, untel et Paul. Et parfois des bouts de phrases sans Paul, comme des titres sans roman derrière. Des listes. Des listes de titres. Des combinaisons de mots qui pourraient en effet devenir des titres, ou tout autre chose, on ne sait pas encore, Paul ne dit rien à ce sujet. D'ailleurs, Paul n'écrit rien en couverture de ses carnets. Il n'y inscrit pas la date. Pas d'indice. Pas de signe, pas d'en-tête.

Paul attaque à partir de presque rien. Il bâtit. Érige des colonnes. Des poèmes japonais inachevés. Paul se défoule. Il court sur le papier. Je tombe à pic. Il m'a rempli aux deux tiers. Beaucoup de Paul partout. Des Lucien. Des Paul et des Lucien simultanément. Paul et Lucien aiment Paul et John. Exemple.

Quand Paul en a marre, il va à la bibliothèque et demande des dictionnaires. Il cherche des personnages célèbres portant le nom de Lucien. Ou Lucian. Il n'est pas à ça près. Il s'intéresse à Lucian Freud. Il l'examine de près. Une peinture l'a particulièrement intrigué. *Two Irishmen*. C'est un double portrait. Deux hommes en costume sombre posent devant une fenêtre par laquelle on devine la ville. L'homme le plus âgé est assis. L'homme le plus jeune se tient debout derrière. Il a une main dans le dos et l'autre qui s'agrippe au dossier de la chaise où se trouve assis le personnage plus âgé.

Bien que mince, je suis inépuisable. Tout Paul. Un vrai livre. Comme je suis souple et que je tiens dans la main, on me glisse facilement dans une poche. Je suis solide cependant, car sans spirale, sans agrafe, sans point de colle. Je suis cousu d'un fil noir. Quand on m'ouvre en mon centre, ma couture apparaît comme une cicatrice et c'est beau. C'est ce que se dit Paul. Paul aime ma cicatrice. Je suis un peu sa cicatrice à lui.

Tous les carnets de Paul ont cette cicatrice. Quand Paul arrive à la cicatrice du carnet, il sait. Il n'y aura plus d'obstacle jusqu'à la fin. Il viendra à bout du carnet. Son objectif, c'est la cicatrice. Après, ça s'écrit tout seul. Paul achète ses carnets à la papeterie de Middelbourg. Il les achète sous blister par paquets de cinq. Super lui donne l'argent et il va à la papeterie les acheter aussitôt. Pour rien au monde Paul ne laisserait quelqu'un acheter les carnets à sa place. Il préfère attendre et ne pas écrire.

Rien ne presse. Paul n'a pas encore treize ans. Il a le temps. S'il n'a plus de carnet, il va courir dans les polders, et ses courses écrivent là-bas comme des brouillons. Les pages du carnet de Paul ne sont pas numérotées. Paul n'écrit jamais avec le même stylo. Il change de couleur. Les carnets sont multicolores. Noir au-dehors, multicolores au-dedans. Paul écrit indistinctement au bleu, au rouge, au vert, au noir. Jamais au crayon gris. Il évite ce qui s'efface. Du moins, en ce qui concerne ses carnets. Paul écrit avec ce qu'il a sous la main, avec ce qu'il a au moment où ça vient. Il écrit à l'école quand le cours l'ennuie. Il écrit dans son lit quand la nuit l'ennuie. Il écrit sur le transbordeur quand l'eau l'ennuie.

Paul n'écrit pas quand il part à la conquête des polders. Pas la peine. C'est répétition. Il cogite. Parfois, il écrit au Holy Hour. Il sort son carnet quand tout le monde s'est habitué à lui et qu'on ne le remarque plus. Il ne pose pas le carnet sur la table, il le garde dans sa main et il écrit vite. Il n'écrit jamais longtemps. Il n'a jamais rien de très long à écrire. Des romans qui s'arrêtent pour le moment au titre.

On ne voit jamais Paul avec son carnet. Il le sort vite et le range vite. Tout se passe très vite. Paul est aussi rapide qu'une chute de roman. Aussi rapide que le doublement d'une lettre dans un mot. Dites simplement Middelbourg et Paul aura eu le temps de sortir son carnet, d'écrire Paul et son double, de remettre le carnet dans sa poche. Ni vu ni connu. En deux temps trois mouvements.

35

Kim

Maman garde Lucien à la maison. Paul est dans sa chambre. Il profite que maman est occupée pour être un peu seul là-haut. Je suis allée comme convenu au Holy Hour. Je suis allée retrouver les copines qui n'attendaient que ça. Elles ne m'avaient pas vue mettre le nez dehors depuis la naissance du bébé. Maman m'a dit va te changer les idées. On s'est organisées. On a décidé d'un jour et me voilà au Holy. Les filles sont hystériques. Je leur ai dit ma mère est super, elle m'a bien arrangé le coup. Va te changer les idées qu'elle a dit. OK, je pars une heure, appelle-moi s'il y a quoi que ce soit. Et me voilà. Qu'est-ce que vous en dites ?

Complètement hystériques qu'elles étaient les filles. Le Holy est à deux pâtés de maisons de chez moi. Ma mère a dû les entendre hurler. Heureusement qu'elle ne peut pas voir Jimmy me sauter au cou et me rouler une pelle. Tout le monde a hurlé de plus belle. Bon, tout le monde n'est pas là, il ne faut pas exagérer. Il manque les jumelles, il manque Marieke, il manque Céline et Lindsay. Sinon, il y a les autres, et les potes à Jimmy. On comprend pourquoi il en fait des tonnes. Il y a aussi le cousin de Zac et ses frères. Et il y a des nouvelles. Des filles que je ne connais pas. Plus jeunes. Elles ne venaient pas avant. Elles ont élu domicile au Holy depuis peu.

Le cousin de Zac et son clan leur tournent autour. Elles sont mignonnes et tout à fait tristes. Juste comme il faut. C'est bien des filles d'ici. Toutes fraîches et déjà toutes désespérées. Des petites poupées sur le point de perdre un bras et leurs cheveux. Pas bavardes par contre. Pas trop à l'aise. Ne rient pas, ne parlent pas, regardent dans toutes les directions l'air de ne pas y toucher. Elles n'ont encore rien commandé.

On m'a réclamé Lucien, quand est-ce que je l'amène au Holy ? Bientôt, quand il sera en mesure de boire au biberon son premier *fruit-free*. On m'a demandé comment Paul vivait l'arrivée de Lucien. Bien. Parfaitement bien. Quand est-ce que ton père va venir voir le bébé ? Bientôt, il paraît. Quand est-ce que vous prenez un appart, toi et Jeroen ? Sans commentaire. J'ai commandé un lait orgeat.

Personne ne s'est avisé de répéter la dernière question. On est passé à autre chose. Et j'ai tenu parole. Je suis restée une heure. Pas plus. On a siroté gentiment nos verres. C'est au bout d'une heure que j'ai vu Tobias par la vitre. Il était à pied. J'ai regardé l'heure à ma montre. C'était l'heure où il ferme généralement la supérette et rentre chez lui. Sauf que chez lui c'est de l'autre côté. Je me suis demandé où il allait et me suis rappelé la promesse faite à ma mère. Une heure. J'y vais.

Lucien me réclame sûrement. Je ne vais pas tarder. Jim est venu s'asseoir près de moi avant que je ne réagisse. Il a mis son bras autour de mon cou et il m'a taquiné sur mes rondeurs pleines de charme. Il voulait me mettre à l'aise. Il faisait rire toute la tablée. Il me chuchotait à l'oreille des trucs cochons rien que pour rendre dingues ceux qui étaient là et qui n'entendaient pas. Les filles voulaient savoir :

qu'est-ce qu'il a dit ? Je disais : mais rien. Elles répétaient : allez, qu'est-ce qu'il a dit ? Alors Jim en remettait une couche et je pouffais. C'était de plus en plus salace.

Un client a réclamé sa note. Jim s'est levé et j'ai décidé de partir. Non, reste, allez, pars pas maintenant, merde, ta mère est super, elle va bien s'occuper du bébé encore un petit peu. Les nouvelles nous regardaient du coin de l'œil. J'ai dit : si, il faut que j'y aille, faut pas abuser, mais vous inquiétez pas, je vais sortir plus souvent. On s'est fait la bise. En arrivant à la maison, maman a tout de suite tenu à me faire remarquer quelque chose. Tobias est passé. Ah ? Oui, en coup de vent, tu ne l'as pas croisé en rentrant ? Il vient juste de repartir. Non, je ne l'ai pas vu, qu'est-ce qu'il voulait ? Il m'invite à dîner chez lui. Quand ? Demain. Et ? Je vais voir. Je ne sais pas.

Demain, je reste ici et c'est toi qui sors cette fois. C'est ton tour, compris ? Paul descendait les escaliers. Le tour de qui, de quoi ? Et toi, dimanche, tu vas me faire le plaisir d'aller chez Zac. Paul m'a regardée de travers. Maman et moi, on a envie de manger des gâteaux. Tu sais, ces délicieuses horreurs que tu nous ramenais avant ? Maman était d'accord.

36

Paul

Pour la première fois, je me suis ennuyé. Pour la première fois de ma vie, j'ai eu à faire face à l'ennui, le vrai, alors que j'étais dans les polders. Et très curieusement, j'ai aimé ne pas aimer ça. Je n'ai pas couru. J'ai marché et ce fut comme être immobile. Je suis resté droit comme un i dans mon ennui, comme indécis, à la croisée des canaux, serein, lucide. Je n'ai pas fui. Je n'ai pas souhaité revenir sur mes pas. Je n'ai pas cherché à me perdre ailleurs, je n'en avais plus envie.

Loin de moi l'idée de me rendre sur le transbordeur. Pas question de donner le change en courant au ralenti. J'ai marché sur la terre. Voilà tout. L'eau me paraissait bien trop froide et sans intérêt. Les arbres bien trop durs et sans vie. Il n'y avait pas de musique cette fois dans mes jambes, aucun jus dans mes veines. J'étais comme le watergang quand on le voit de loin, sans nuance, sans relief, peint dans le même vert, comme les marais quand on les photographie en hiver. La mer me semblait inatteignable, elle-même peinte dans ce vert interminablement vert. Les vagues s'aplatissaient mollement au bord de mes yeux et mes yeux étaient deux langues baignant mollement dans leur bain de salive.

J'avais envie de dormir. J'étais tout à coup fatigué. Je ressentais pour la première fois de ma vie cet état étrange que, jusqu'ici, je n'associais qu'aux adultes. Une fatigue de vieillesse. La fatigue de moi. La fatigue d'écrire. La fatigue de Paul. Une fatigue qui allait m'empêcher d'écrire cette phrase dans mon carnet. J'ai pensé à mon père. Sa fatigue s'ajoutait à la mienne.

D'après Super, mon père était tout le temps fatigué. C'est le souvenir qu'elle garde de lui. C'est le souvenir avec lequel elle voudrait ne pas nous fatiguer. Elle aurait pu choisir de nous parler de mon père plus positivement, mais non, votre père était toujours fatigué. Jamais elle n'a dit votre père était un dieu ou votre père était un con. Non. Ni l'un ni l'autre. Votre père était toujours fatigué. C'est tout.

J'aurais dû avoir peur, penser que j'héritais de lui, y voir un signe, voilà, fallait bien que ça arrive, qu'il y ait un commencement, un jour J, au lieu de ça, j'ai reconnu cette fatigue et suis allé dans les polders pour la vivre, la voir de près. Je ne voulais pas me battre, ne pas la déjouer, ne pas la tromper, juste faire sa connaissance, sans m'abuser, ça oui, si possible, sans m'abuser. Je voulais fatiguer ma fatigue. Mourir ma fatigue. Être présent quand elle me quitterait. Sans tambour ni trompette. Est-ce que papa était encore fatigué ? Est-ce que Julia était fatiguée de le voir toujours aussi fatigué ? Était-il fatigué quand il rentrait de s'être promené avec les chiens dans la lande ? Était-il fatigué par les pluies incessantes qui s'abattent sur ce coin d'Angleterre ? Ou est-ce que la fatigue avait au contraire fini par le laisser en paix ?

Ce qui est évident, c'est que Super était encore fatiguée de lui. Mes pensées se liaient à lui comme fascinées par l'image de mon père fatigué dans ma chair. Est-ce qu'il s'endort dans son canapé ? Est-ce qu'il garde le silence au petit déjeuner ? Est-ce qu'il parle aux animaux de la ferme quand il est soûl ? Est-ce qu'il pose les mains sur nos lettres après les avoir lues ? Le watergang était humide comme jamais. La mer s'était creusé un chemin jusqu'à moi. Elle remontait à la surface et m'encerclait.

Avant de sombrer tout à fait, je décide de rebrousser chemin. J'ai Middelbourg en point de mire. Son église et son double clocher. Derrière moi, la mer se retire. Je passe devant le porche où Zac et moi aimions observer la fatigue fondre sur Middelbourg. Je me suis tenu sous ce porche un moment comme jadis et je ne savais pas quoi faire sinon m'observer de l'intérieur tomber goutte à goutte. Petit à petit, j'ai senti la fatigue s'évaporer. Elle formait comme un arc au-dessus de moi, épousant le porche sous lequel je me tenais comme avant, seul, et Zac quelque part, ailleurs, seul aussi.

37

Tobias

J'ai beaucoup de mal à parler. C'est peu de le dire. Je ne dis jamais grand-chose. Tout Middelbourg pourra vous le confirmer. Je me résume à 80 kilos de timidité. Je ne vois pas comment me présenter autrement. On ferait mieux de s'oublier un peu, tous autant qu'on est. Ainsi ne serait-on pas continuellement à s'inquiéter de tout et de rien. Alors, que fait-on ? Qu'est-ce que vous voulez savoir ? Des détails ? J'ai bien connu le mari de Julia. Et après ? On est allés à l'école ensemble. Rien de renversant jusqu'ici. On n'a pas fait les quatre cents coups. Désolé. Les films se tournent ailleurs, pas à Middelbourg. On ne fait pas de cinéma par ici. Non, il n'a pas été mon meilleur ami. Je n'ai jamais eu de meilleur ami. Nous avons été deux garçons de Middelbourg nés la même année. On a copié nos leçons dans la même classe, partagé des bouts de rues en chemin, des bouts de cour pendant la récréation. On a partagé des bouts de pas grand-chose, rien d'autre.

Il arrive que l'on vive côte à côte sans prendre la peine de se préparer un passé commun. Je n'ai pas de grands souvenirs à son sujet. Ni à aucun sujet d'ailleurs. Rien d'exceptionnel dans ma vie. À part Julia. Elle est arrivée dans nos vies comme ça un jour, et c'est tout. Elle était un peu plus jeune, venait d'un village voisin, mais semblait avoir toujours vécu avec nous. Ils se sont tout de suite plu, Jens et Julia.

Ils ont très vite eu un enfant, qu'ils ont perdu aussi vite. La mort du nouveau-né qu'ils ont dit. Ils se sont mariés quand même. Ils n'auraient peut-être pas dû. Une fois mariés, ils ont essayé de faire comme tout le monde. Puis ils se sont séparés. Comme tout le monde. Ils auront au moins réussi cela. Il y a eu des retrouvailles qui ont duré le temps de concevoir Kim d'abord, et puis Paul. Et *bis repetita*. Seconde séparation. J'ai vécu cette histoire d'assez loin.

Je ne me suis jamais marié. Je n'ai pas d'enfants. Je ne le regrette pas. À quoi bon. Qu'est-ce que ça changerait. Je n'ai pas choisi. C'est ma vie. Quelle importance. Julia est seule maintenant. Comme moi. On peut raconter toutes les histoires du monde, prendre tous les chemins qu'on voudra, faire tous les détours imaginables, on en arrive toujours au même point. Un jour, on est seul. On est là face à soi-même et il n'y a personne pour s'interposer. Je ne sais pas si c'est l'âge ou l'ennui, mais j'ai décidé de m'interposer enfin, de me mettre en travers de son chemin, de lui boucher la vue, d'arrêter sa marche en avant, lui dire tout net, me poster devant elle et dire ce que je pense. Je l'aime.

Ne me demandez pas pourquoi ni ce que j'espère, ne croyez pas que je sache où cela me mènera, je ne le sais pas plus que quiconque, je ne suis pas plus malin qu'un autre. Ceux qui vous diront qu'ils savent où ils vont vous mentent.

Je vais ravaler ma salive et ouvrir la bouche. J'aimerais passer un peu de temps avec toi Julia. On ne fait que travailler, la vie c'est pas ça. Posons-nous un peu, tu veux ? Je ne m'attendais pas à ce qu'elle réagisse si bien. Je voulais juste qu'elle m'entende. Non seulement elle m'a entendu mais elle semblait disposée à m'écouter. Ne pars pas si vite le soir, reste un peu, parlons après qu'on ait tiré le rideau de fer. On ouvre deux bières, ça ne prendra que dix minutes, je n'en demande pas davantage. On ne va pas nous damner pour dix minutes. Elle ne dit pas non.

Dans mon élan, je lui propose de venir manger un soir à la maison. Elle ne dit pas non. Elle n'est pas venue au premier rendez-vous, mais elle n'a pas dit non quand j'ai proposé une autre date.

Elle n'a pas dit non. Ce n'est pas un oui, mais le oui n'est plus en nous depuis longtemps, alors ne pas dire non c'est déjà beaucoup. Julia a besoin de temps. Il lui faut retrouver sa respiration. S'y habituer. Julia est restée sauvage. Julia n'avait pas prévu qu'un homme l'invite. Qu'un homme lui parle de chez lui. Julia n'est sans doute pas encore disposée à dîner en tête à tête avec un homme. Qu'elle commence par ne pas dire non. Après on verra.

Il faut reconnaître qu'elle est un peu débordée en ce moment. J'ai bien l'intention de la ménager au magasin. Elle va y laisser sa santé sinon. On sera bien avancés. Il y a du travail pour une personne supplémentaire, c'est clair. Pourquoi continuer de tirer sur la corde. Kim pourrait très bien faire l'affaire. On en parlera un soir avec sa mère après qu'on ait tiré le rideau de fer. On verra ce qu'elle pense de ma proposition. Moi aussi je commence à fatiguer. Faut que je m'organise autrement. On ne peut pas tout faire tout seul. Je suis resté trop longtemps dans ce magasin. Ce magasin a été trop longtemps comme ma maison. Je me sentirais mieux dans une vraie maison. Une maison où pourrait vivre une femme qui ne dit pas non.

J'ai un faible pour le quartier de l'écluse. Une petite maison comme on en trouve de ce côté me conviendrait parfaitement. J'aimerais en parler à Julia. J'aimerais qu'elle m'accompagne dans ce projet. J'aimerais que cette idée de maison lui plaise également. C'est un quartier tranquille. On a une vue sur la campagne. J'aimerais sortir Julia du cœur brisé de Middelbourg.

38

Paul

J'ai grimpé dans un magnolia. Enfin, le magnolia. Il n'en existe qu'un dans tout le watergang. Personne ne sait ce qu'il fait là. Il est un peu isolé, à l'est d'un canal secondaire. Il est immensément grand. L'été, il se pare de rose. Il est parfait pour lire des lettres, celles de mon père notamment. Partir vivre sa vie. Quelle drôle de phrase. Que d'oiseaux s'en vont en s'envolant dans cette simple phrase. Va, vis ta vie. Que de *v* véloces et de *i* comme autant de coups de fusil dans le ciel gris.

Moi, je lis mes lettres, dans un arbre, comme parachuté. Les mots-oiseaux de mon père font du bruit en s'échappant. Mon magnolia est magnanime. Il m'enveloppe dans son magnifique magnétisme. Je le baptise Magnus. Il est le gardien de mes lettres. Je les enterre à ses pieds. Je les déterre parfois pour les relire. Elles sont si humides que l'on dirait du linge dans lequel on a longuement pleuré.

J'ai envie de retourner dans l'église de Middelbourg. J'ai dans la main une lettre que je n'ai pas eu le courage d'enterrer. La lettre où il explique qu'il va revenir au village et qu'il me prendra dans ses bras. J'ai sa parole dans la main. Je la laisse faire son chemin. Je me signe. On m'a appris à le faire. Les oiseaux font claquer leurs ailes dans la nef. Ils confondent les vitraux et le watergang.

Je marche sur les reflets dansants à mes pieds, je me purifie dedans. Dehors, je rase les murs, regagne mon chez-moi en lisant de nouveaux graffitis. Ce ne sont plus des mots-oiseaux mais des mots-lézards recouvrant les façades. Je croise le cousin de Zac. Je lui demande une cigarette. Il me donne la sienne et s'en allume une autre. Je demande où est Zac. Chez lui. Où c'est chez lui déjà ?

39

Correspondance

Quand Paul reçoit une lettre, en général, sa sœur Kim et sa mère Julia en reçoivent une également. Chacun la sienne. Toutes trois arrivent d'Angleterre. Toutes trois sont envoyées par la même personne et toutes trois ont été oblitérées le même jour. Si Lucien avait l'âge de lire, il en recevrait une lui aussi. Il y aurait son nom sur l'enveloppe et il y aurait des mots écrits pour lui à l'intérieur. En compensation, Kim lit son courrier à voix haute. À sa manière, elle lui fait entendre la voix de son grand-père.

À l'heure des mails et des textos, on reçoit encore dans cette maison des lettres écrites avec de l'encre sur du papier, une encre noire profonde comme la mer. Les lettres sont à chaque fois un petit événement, toute une histoire, mais une histoire vécue séparément. Lucien a l'air très absorbé par ce que raconte sa mère. Il se tait le temps de la lecture, agitant les bras par à-coups, les yeux grands ouverts. Julia lit seule dans son coin. Elle préfère se retirer. Elle ne le fait pas tout de suite, pas dès que le courrier a été apporté par le facteur, elle attend d'être tranquille, remet à plus tard, quand il n'y aura plus aucune tâche ménagère à accomplir, et seulement si les enfants sont sortis, c'est mieux, alors elle s'isole, bien qu'elle soit déjà fort seule dans cette maison une fois que les enfants sont partis.

Julia se met dans un petit fauteuil, près du poêle, ou contre le buffet, dans le salon, elle aime bien être un peu dans le noir, contre le buffet, jamais à la fenêtre, ça non, pas si près de la lumière, elle ne préfère pas, sinon elle monte, elle va dans une chambre et elle s'assied sur le bord du lit. Parfois elle s'arrête avant d'entrer dans la chambre, elle reste un peu sur le palier, debout, ou s'assoit sur la dernière marche de l'escalier, surtout si elle se méfie de ce que peut contenir la lettre. Il lui est arrivé d'aller dans la salle de bain et de s'asseoir sur le rebord de la baignoire. Il lui est arrivé aussi de s'enfermer dans les toilettes et de s'asseoir sur la lunette sans prendre la peine de la relever.

Enfin, elle ouvre son courrier. Paul ne sait pas rester enfermé. Il ne lit jamais son courrier à la maison. Ni même sur le seuil. Ni même devant dans la rue, ni à l'angle, ni adossé à un mur de brique quelque part dans le village. Non, Paul a besoin de mettre davantage de distance. Il creuse un fossé. Il part. Il s'éloigne, il cherche un endroit en rase campagne. C'est ainsi. Il doit parcourir une distance suffisante avant de pouvoir supporter sous ses doigts la brûlure du papier. Il doit d'abord se décharger d'une partie de ses émotions. Comme s'il s'agissait au préalable de s'affaiblir, de s'essouffler, de se diminuer. Lire une lettre de papa est pour Paul un geste physique.

Il sent le papier avant toute chose. Il décèle les odeurs de thé noir légèrement fumé, de feu de bois, de soupe chauffée longuement. Paul reconnaît ce qu'il n'a jamais vu, ce qu'il n'a jamais senti. Il reconnaît ce qui n'a jamais existé pour lui. Il a ce don. Comme Lucien, qui est heureux en écoutant sa maman lui lire sa lettre, elle aussi heureuse. Comme Lucien, il reconnaît ce silence soudain après un mot.

Chacun vit sa lecture à distance, dans son paysage de silence. Il va venir. Ils lisent tous la même chose. Quand Kim arrive à la fin, Lucien pleure. Kim a comme disparu. À la fin, Julia relève la tête. À la fin, quand Paul n'a plus rien à lire, la lettre s'enterre dans sa poche. Tous se tiennent par la main.

Mais Jens ne viendra pas finalement. Il enverra à la place de l'argent pour que Kim vienne avec son frère en Angleterre. Il préfère. Lucien doit venir aussi. C'est écrit dans une autre lettre envoyée à Kim, quelques jours après. Super dit super.

40

Jimmy

Je me revois. 1981. Le noir s'était rué sur nous. La décennie s'affichait comme la dernière du siècle. Elle prenait de l'avance. On allait à Londres sur un week-end, on faisait le plein. On revenait malades avec une nouvelle coupe de cheveux et des fripes dans nos sacs. Le bateau nous ramenait au petit matin après un concert donné en banlieue. On avait les Cure dans nos écouteurs. On ressemblait à cette musique, nous étions à la fois oisifs et tendus. Des vinyles de cette époque sont encore accrochés sur les murs du Holy Hour. Souvenir d'une vague qui nous avait transportés au cœur du froid.

Le Holy Hour, c'est toute ma vie. Autant dire que je vais avoir beaucoup de mal à trouver quelqu'un pour me remplacer. Les amis ne manquent pas, mais il me faut une personne de confiance qui connaisse les ficelles du métier. Je ne peux vraiment pas me permettre de fermer. Pour autant, j'ai dit oui à Kim. Tout de suite. Avant même d'avoir trouvé un gars sûr pour le bar. Elle est venue un soir accompagnée de Paul. Écoute, Jim, j'ai un service à te demander. On vient aussi un peu de la part de notre mère. Elle a commencé comme ça. J'étais derrière le comptoir à faire la plonge. Je l'ai écoutée attentivement sans baisser le rythme. Paul se tenait derrière, les mains dans les poches. Je leur ai dit de s'asseoir. Paul a décliné d'un mouvement d'épaule. Kim ne s'est pas laissé distraire. Paul et moi on part en Angleterre. Définitivement ?

C'est comme ça ici, quand on nous annonce qu'on part, on pense que c'est pour toujours. Non, on va voir notre père, il nous a envoyé de l'argent pour le voyage. J'emmène Lucien. Et Paul est du voyage également. Maman veut que je trouve un homme pour nous accompagner. Elle avait pensé à Tobias. Nous, on a plutôt pensé à toi. On paie tout. On sera partis cinq jours. J'ai dit oui. Elle a été si contente. Elle n'a pas fait la folle. Elle était simplement contente. Vraiment contente. Et pour le bar ? Je m'arrangerai. On a le temps. On ne part que dans un mois, non ? Là-dessus, je lui ai servi un stout sur le compte de la maison. On a scellé notre accord en buvant de part et d'autre du comptoir. Paul est sorti, il faisait noir.

Kim est restée un peu. Elle a chanté avec moi deux trois trucs un peu démodés. Là on est sur le bateau et ça remue pas mal. Dans mon casque, j'écoute *Let England Shake* de P. J. Harvey. Kim est au chaud avec le petit. Paul est avec moi. On brave le temps. On a les yeux rivés sur le large. Un peu en retrait, il y a Jeroen qui fume cigarette sur cigarette. Au dernier moment, il s'est joint à nous. Il avait du temps et un peu d'argent. Il a tenu à participer aux frais généraux. Sa façon à lui de se rendre utile, sûrement. Quand il a demandé à Kim la permission de venir, elle n'a pas eu l'air étonnée et a répliqué tu es libre. Je ne vais pas vous coller, je dois aller à Londres pour un boulot, je reprendrai le bateau avec vous au retour. Ce déplacement, je devais le faire, de toute façon. Jeroen est sur le pont, assis sur un banc. C'est sa première traversée. Pareil pour Paul. Pour lui c'est comme si l'on traversait l'Atlantique. Visiblement, les Indiens l'attendent de l'autre côté.

Qui peut réellement savoir à quoi pense Paul. Il ne connaît l'anglais qu'à travers les chansons des Beatles. Je me demande comment tout ça va tourner. Jeroen s'amène et nous passe un joint. Je tire quelques bouffées et Paul me le prend des mains. Il tire dessus sans quitter des yeux un horizon de moins en moins perceptible. Il le rend à Jeroen qui retourne sur son banc. Derrière un hublot, Kim donne le sein à Lucien. Elle est si belle que les gens se sentent gênés et se détournent d'elle. Lucien est en admiration. Dans les années 80, je sortais avec une fille qui s'appelait Ely. Elle souriait beaucoup, ça ne cadrait pas trop avec l'époque. Quand on s'est quittés, elle a souri et j'ai pensé que je n'avais pas vraiment dû compter pour elle. Je réalise aujourd'hui que je me trompais peut-être. On était sur un bateau, comme aujourd'hui. On retournait en Angleterre où elle habitait. Où elle habite sans doute toujours j'imagine. Si je la revoyais, je lui rendrais bien son sourire et notre histoire serait enfin terminée. Parce que là, il m'arrive encore de songer à ce qui m'avait pris de lui dire, écoute, Ely, je crois bien que c'est la dernière fois qu'on fait le voyage ensemble. Et effectivement, je n'ai jamais refait le voyage depuis.

Kim pourrait être ma petite sœur, à défaut de ma petite amie, voire même ma fille. Et Paul pourrait être mon âme égarée dans les limbes à traverser Dieu sait quoi pour Dieu sait quelle raison. Et toi Jeroen, qui es-tu donc Jeroen ? Que viens-tu faire au juste dans cette histoire ?

41

Julia

Ils sont beaux. Tous. Et si présents. Ils sont ensemble, et si indépendants les uns des autres. Ils sont descendus du bateau unis par quelque chose de naturel. Tous les quatre. Je dis les quatre parce que je ne vois pas Lucian. Il a disparu dans les bras de sa mère. Ils ne font qu'un. Kim et Lucian portent un lainage tissé dans le même fil foncé. Paul est plus grand qu'on ne pensait. Il a la tête enfoncée dans un bonnet sur lequel il a rabattu la capuche de sa parka. Jim et Jeroen sont les plus âgés. Surtout Jim. Lui, on devine qui il est. On l'attendait avec les enfants. On nous en avait fait le portrait. On ne s'attendait pas à ce qu'il y ait quelqu'un d'autre en revanche. On nous l'a présenté en dernier. Jeroen. Bienvenue, Jeroen.

Kim est avec son père. Elle tient dans ses bras un bébé caché dans la chaleur de ses vêtements. Puis Kim est tombée dans les bras de son père. Il les a pris tous les deux dans ses bras. Puis il y a eu Paul. Jens l'a tiré à lui. Ils ne font qu'un dans ses bras.

Je me rapproche des deux garçons restés à l'écart. Ils baissent la tête à quelques mètres derrière. Je vais les voir. Je veux laisser au père et à ses enfants le temps nécessaire. On fume des cigarettes. On arpente les quais sans trop parler. Je suis Jim. Je sais. Lui, c'est Jeroen. Un ami. Jeroen nous a donné des cigarettes. Vous avez fait bon voyage ? Oui. Oui. À la maison, les deux garçons ont bu de la bière. Kim a réclamé un verre, comme tout le monde. Paul n'a pas dit non. Il a eu son verre comme les autres.

Paul était pressé d'aller voir les chiens. Son père lui a dit qu'il irait les lui montrer plus tard. Paul a demandé alors s'il pouvait aller se promener dans le coin. J'ai dit que j'aimerais beaucoup aller faire quelques pas avec lui dans la lande. Son père a trouvé que c'était une bonne idée. Je vous rejoins après avec les chiens. Paul s'est laissé faire. On est sortis après s'être chaudement couverts. Lucian était toujours dans les bras de son grand-père.

Jeroen s'était installé à la fenêtre. Il avait maintenant trop chaud. Kim s'est mise à l'aise, des larmes aux yeux. Jim était ému et posait régulièrement sur Kim des yeux attendris. Paul marchait un peu devant moi. Il avait envie de choisir le chemin. Intuitivement, il prenait le bon. Je n'avais rien à dire. Je le suivais. Je me contentais d'être à ses côtés, juste un pas en arrière. Je ne voulais pas l'assommer de questions. Je tenais à lui laisser l'initiative. Ma mère vous passe le bonjour. Tu lui transmettras mes amitiés. J'ai pensé avoir répondu trop vite. J'aurais aimé attendre avant de parler, laisser plus d'espace entre les paroles de Paul et les miennes. Je m'y suis efforcée par la suite. Vous connaissez Middelbourg ?

On empruntait un sentier qui épousait à présent les courbes d'un ruisseau encaissé. J'espère que ton père m'y emmènera un jour. Est-ce qu'il vient souvent se promener ici avec les chiens ? On est passés au-dessus du ruisseau à l'endroit où un tronc scié dans sa longueur avait été jeté faute de gué. Tous les jours. Il vient tous les jours sauf les jours de tempête, et quand il est malade. Vous ne l'accompagnez pas ? Nous avons besoin de faire certaines choses seuls vois-tu, et se promener dans la lande, c'est pour ton père une affaire très personnelle que je respecte. Paul n'a plus rien dit. Mais un jour il m'emmènera. Je lui laisse le temps.

Je lui ai demandé ce qu'il avait pensé du voyage, du bateau, de la mer, et il m'a juste dit qu'il n'avait pas été impressionné. Je lui ai demandé s'il appréhendait de revoir son père, il s'est empressé de lancer une pierre dans un fourré situé devant lui. Il a dit ensuite que son père ressemblait beaucoup à Lucian. C'est alors que les chiens ont aboyé. Ils sont bientôt arrivés derrière nous, le temps pour Paul de rabattre sa capuche sur son bonnet. Je n'ai pas tardé à annoncer que j'allais rentrer, je ne voulais pas laisser les autres trop longtemps seuls à la maison.

Les chiens s'excitaient autour de Paul. Ils se sont arrêtés dès que leur maître le leur a ordonné. Je m'éloignais déjà quand je l'ai entendu ajouter que les chiens n'étaient pas méchants. Et Paul a répondu que les chiens ne le seront jamais autant qu'un homme peut l'être.

42

Super

Tobias est heureux. Il a mis les petits plats dans les grands. C'est ridicule. S'il savait comme j'ai honte. Comment ai-je pu accepter. Venir chez lui à la première occasion, alors que les enfants sont partis. Qu'est-ce que j'ai fait. Je ne sais pas ce que j'ai pu m'imaginer. Comment reculer maintenant, nous allons passer au dessert. Partir comme une voleuse, ça aurait l'air de quoi, je me le demande. Tobias est gentil, ce n'est pas la question. Il est aux petits soins, bien qu'il ne parle pas beaucoup. Avec ça, il espère me changer les idées.

A-t-il seulement une petite idée des pensées qui m'envahissent ? Croit-il que je puisse aussi facilement sortir de mon quotidien, oublier comme ça ma maison, oublier mon boulot et tout le reste, tout oublier ? OK, le repas est bon, l'ambiance est douce, mais je ne désire qu'une chose, quitter cette table. J'aimerais m'isoler. J'aimerais relire le message envoyé ce matin par Kim. Tout se passe bien maman. Tout se passe bien. La mer là-bas est incroyable, l'accueil est chaleureux, de belles retrouvailles, sincèrement, et beaucoup d'émotion. Toute l'Angleterre concentrée dans un texto. Kim m'a laissé son téléphone. Elle m'avait promis qu'elle utiliserait celui de Jim pour m'écrire. Je me sens comme une étrangère, ce soir. Comme si c'était moi qui étais partie.

Je me demande ce que je fais là, dans cette maison qui n'est pas la mienne, avec cet homme qui ne sera jamais un homme pour moi et qui subitement me raconte ses projets, ceux d'hier et ceux pour demain. Cette pizzeria qu'il aurait voulu ouvrir, il y a des années, au lieu de reprendre la supérette du père, et cette maison maintenant, qu'il veut acheter à la sortie de Middelbourg, pour ses vieux jours. Il veut mon avis. Il veut. Il veut. À quoi ça rime ? Elle est très bien cette maison où tu es. Pourquoi changer ? C'est mon autorisation qu'il attend pour changer sa vie ?

Je veux que Kim m'appelle, non pas qu'elle m'écrive, voilà ce que je veux. Je veux que Paul se tienne près du combiné. Je ne veux pas qu'ils me parlent de l'Angleterre, je veux qu'ils me disent combien je leur manque et qu'ils ont hâte de rentrer. Vraiment, j'ai honte. Tellement honte.

Tobias a mis un peu de musique avant de servir le dessert. Un dessert typiquement italien qu'il a fait lui-même. On sort enfin dans le jardin prendre un peu l'air. Oui, de l'air. Il comprend que quelque chose me chagrine. Il s'attendait à ce que je sois troublée. Mais il se trompe de trouble. Il ne veut rien précipiter. C'est déjà ça.

43

Paul

Jim et Jeroen sont allés à Londres ensemble. Ils ont jugé opportun de nous laisser un peu tranquilles, Kim et moi. Qu'ils profitent des retrouvailles avec leur père. Ils ont dû s'entendre sur une connerie de ce genre, à mon avis. Mon père et Julia sont allés travailler tôt ce matin. Alors nous voilà. Kim et moi, nous avons la maison pour nous. On s'est installés dans le salon et on a honte. On vient de fouiller partout comme des malades. On ne savait pas ce qu'on cherchait. On a juste été poussés par une terrible envie de le faire. On a tout retourné. On a ouvert tous les tiroirs, tous les bahuts. On a vérifié dans tous les placards, dans toutes les boîtes. On n'a rien trouvé. On n'a rien trouvé parce qu'on ne cherchait rien en particulier. On était comme en manque de quelque chose. Tout se passait trop bien jusqu'ici.

Il nous en fallait plus. Il nous fallait un secret. Un nœud à défaire comme dans les histoires bien ficelées. Vous savez, ces histoires comme je n'en écrirai jamais, parce que, dans la vie, rien n'est bien ficelé. Putain, où est-ce qu'on a merdé ? Kim s'est avachie dans le canapé devant moi, essoufflée et morte de honte. Je me suis jeté sur le gros fauteuil d'en face, tout aussi déçu. On n'a pas trouvé une photo intéressante, pas une lettre, rien qu'on aurait pu faire parler. La cheminée a été allumée ce matin par le père. On n'avait pas trop chaud.

C'était assez vide ici. Aussi vide que chez nous finalement. Comme dans le ventre à présent tout dégonflé de Kim. Vide comme dans les yeux de Lucian qui souriait bêtement entre nous dans son couffin. On l'a posé sur la table du salon, prêt pour sortir, parce qu'on s'est décidés brusquement à se barrer.

Lucian sentait la merde. Kim en a eu marre. Elle venait tout juste de lui faire sa toilette. Je me suis pas débiné. J'ai posé le couffin par terre. J'ai étendu sur la table du salon de quoi poser confortablement le bébé et je l'ai déshabillé. Kim a poussé du pied le vanity pour que j'y attrape des lingettes et la lotion. J'ai pris mon temps. Kim aurait voulu que j'accélère, l'odeur l'empoisonnait. Moi, ça ne me faisait aucun effet. À tout considérer, la mer sentait plus mauvais. La mer dans son agitation, tournant sur elle-même depuis la nuit des temps.

J'essuyais Lucian pour la première fois et réalisais que j'avais fait beaucoup de choses pour la première fois en peu de temps. Je ne me sentais absolument pas fatigué. J'aurais pu encore faire bien des choses pour la première fois, en dehors du fait que j'aurais pu tuer quelqu'un évidemment. Je ne sais pas, sortir et aller à la rencontre des gens par exemple, leur parler anglais uniquement avec des mots tirés des chansons de Paul et John, retourner au port avec Lucian et laisser tout le monde dans la merde en Angleterre.

Je sais que dans mon roman, on ne pourra pas avoir ce qu'on désire juste au moment où on le désire, il ne suffira pas d'arriver au port et de vouloir filer en Argentine pour qu'un bateau soit sur le point d'appareiller et vous emmène de l'autre côté de l'Atlantique. En gros, il ne suffira pas de demander pour avoir, de partir pour arriver, de plonger pour se noyer, de mourir pour disparaître. Le plus souvent, il faudra attendre, attendre longtemps, faire demi-tour parfois, recommencer, et recommencer encore, laisser tomber s'il le faut, redescendre d'un train, ressortir d'un taxi, finir à pied. Je sais que mes personnages devront souvent faire le contraire de ce qu'ils avaient prévu de faire, comme tuer leur cheval épuisé et voler celui d'un inconnu.

Mon roman déplaira. Parce qu'il renverra chacun à sa propre impuissance, mais tout le monde se l'arrachera, parce que tout le monde est ainsi fait, on voudra le lire.

44

Kim

Mon père est beau. Comme on dit que le Christ est beau. Beau de ne pas exister. Paul aussi est beau. Et il n'est jamais aussi beau que lorsqu'il est assis sur le banc d'une chapelle en train de décider de ce que sera sa vie. C'est Paul. Il est assis et dans son esprit il marche. Il est debout et dans son esprit déjà il court au loin. Il est revenu et là son corps se couche. Il dort et c'est comme s'il allait se réveiller, les yeux ouverts.

Paul ne ressemble pas à notre père bien qu'il soit aussi beau que lui. Paul n'a encore rien déchiré. Il est resté entier, plein comme un œuf. Paul est parfait. Je le regarde dans sa perfection juste éclairé par la maigre lueur qui perce des vitraux sans couleur. La chapelle n'est plus qu'une ruine, rien ne subsiste à l'intérieur, pas une chaise, pas un autel, pas la moindre petite croix, rien de rien, rien de ce qui fait normalement de ce lieu un lieu qui remplace tous les autres.

Mais Paul voulait une chapelle, et il l'a trouvée. Ce banc sur lequel il est assis existe, pourtant il n'y avait rien quand on est entrés là, rien sinon l'air circulant dans l'espace. J'ai vu Paul s'asseoir plus loin devant moi, et à l'endroit où Paul s'est assis, il y avait tout à coup un banc. Je suis avec Lucien dans les bras et je regarde la perfection de cet endroit vide où Paul, Lucien et moi, venons d'atterrir. Plus tard, mon père me demandera lequel des deux est le père de Lucian. Aucun des deux, je dis.

Jim et Jeroen sont en grande conversation avec Julia. Ce sont des amis. Des gens de Middelbourg avec qui nous avons toujours vécu. À mon tour je lui demande qui sont tes enfants ? Mon père ne comprend pas ma question et n'a pas le temps de la comprendre puisque Julia lui tombe dessus avec Lucien. Tiens, profite un peu du petit, je vais préparer quelque chose à grignoter. Julia est aux anges. Jim et Jeroen sont légèrement soûls. Moi, j'aimerais. Quant à Paul, il caresse les chiens devant la cheminée. Il chante un air qui pourrait être des Beatles si seulement les Beatles existaient toujours.

Mon père est resté jeune. Il pourrait être un ami de Jim. On les croirait amis ou collègues de travail en vadrouille pour un long week-end sur la côte sud de l'Angleterre. Ils seraient arrivés par le bateau avec l'intention de se soûler gentiment chaque soir dans un bar différent. Ils seraient musiciens. Ils seraient en tournée. Mon père serait au violon, Jim à la guitare, Jeroen se joindrait à eux pour chanter. Julia servirait des stouts dans un pub enfumé. Paul et moi serions du coin et prendrions du plaisir à écouter le trio mettre un peu d'ambiance dans ce village paumé. Sauf que ces trois-là se connaissent à peine et que ce coin n'est pas le nôtre. La musique est absente et nous sommes tenus d'aller fumer dehors.

C'est aussi dehors que je me rends pour envoyer des textos aux copines. Elles veulent savoir comment il est mon père, comment elle est Julia, comment elle est leur maison, comment c'est l'Angleterre. Je raconte tout. Mon père est beau, Julia est gentille, Paul est bizarre, Jim et Jeroen sont soûls, moi j'aimerais. L'Angleterre est comme elle est. Il y a des chiens, il y a la lande, il y a des chapelles abandonnées. Il y a une cheminée dans la maison, et surtout, il n'y a rien dans les tiroirs, rien dans les coffres en bois. Rien sous les matelas, rien dans les bahuts et les placards, rien dans la bibliothèque. J'envoie tous ces riens par intermittence.

Je sens que mon père va vouloir parler ce soir. Il va falloir veiller et se dire des trucs qui datent et qui ne servent plus à rien. Je le sens dans mon froid. Ce soir, papa voudra passer pour le bon gars, mais il ne sera pas à la hauteur parce qu'on ne s'improvise pas bon parleur. Alors il boira avec Jim et Jeroen pour se consoler. Plus personne ne fera attention à Paul, qui boira lui aussi. Julia sera morte de fatigue et sera partie se coucher. Demain, il faudra se lever tôt pour aller travailler à la ferme. Demain, je me lèverai tôt pour m'occuper de Lucien. Paul sera déjà sorti. Il sera allé quelque part dans la lande. Il rentrera à temps et sera avec moi pour le petit déjeuner. Il dira une connerie pour détendre l'atmosphère. Et si on disait que j'étais le père ?

45

Paul

Le chemin de la chapelle ne réapparaît pas. J'aimerais y retourner. J'aimerais y aller seul. Me frotter aux pierres de l'édifice, jusqu'à me blesser. Sortir le banc de cet endroit et le briser dehors contre la carcasse d'un engin agricole abandonné. Suivre le cours du ruisseau ventre à terre comme font les chiens. Fouiller la lande, sentir cette terre rude, gratter le sol, déterrer des corps. On devine toujours la mer. On ne cesse jamais de l'entendre. Il suffit d'emprunter le couloir aérien que produit son chant. Je m'y engouffre. Comme hier, dans le canapé, pendant que Kim parle au père. Je m'engouffre tandis que Jim et Jeroen ne pensent plus qu'à sombrer dans l'alcool.

Je suis en marche. Carnet à la main, je note : Paul couleur lavande, Paul en bois flotté, Paul en son gouffre. Ce soir, c'est moi qui parlerai au père.

Je commencerai par lui dire que j'ai un ami à Middelbourg. Il s'appelle Zac. Tu sais où il habite, rappelle-toi, il faut passer sous le porche après la supérette, et au bout de la ruelle, il faut regarder sur ta gauche, c'est juste là, la porte bleue. J'ai un autre ami. Il vit dans les polders. Il s'appelle Magnus. Magnus est un grand magnolia, tu dois t'en souvenir, il est là depuis toujours, depuis si longtemps que personne ne sait dire comment il a pris pied dans le watergang. On se voit souvent. Quand il est en fleur, je le note dans mon carnet noir. Oui, je ne t'ai pas dit, je vais devenir écrivain. Quand j'aurai treize ans.

Je t'enverrai mon roman. C'est prévu. Sache que je ne resterai pas avec maman. Je vais partir. Comme toi, je quitterai Middelbourg. Non, pas pour l'Angleterre. Il faudra venir me voir en Argentine. Il n'est pas impossible que Kim me suive. Je l'installerai dans un bel appartement de Buenos Aires. Quoi d'autre ? Je suis retourné à l'église. Je sais que tu n'aimes pas ça. Maman non plus. Personne n'y va plus d'ailleurs. Moi si, justement.

Personne ne va plus dans les polders, non plus. Il n'y a plus que moi. Je suis l'âme du watergang. C'est ce qu'on dit au village. Que je suis l'âme du désert. On dit tellement de bêtises. Moins on sait, plus on parle. Tu es d'accord ?

46

Lande

En moi chantent la bruyère, le buis et les genêts. Le vent est ici partout chez lui. Il empêche toute vie de grandir trop haut. Un homme qui marche a la vue dégagée et son regard porte loin. Il pourra néanmoins se perdre, celui qui cherche à se perdre. Qu'il soit ou non du pays ne change rien. Les gens qui viennent deviennent les gens d'ici. Ils finissent toujours par se confondre avec les mauves qui serpentent à leurs pieds.

Un groupe d'individus progresse pareillement absorbés. Chacun en quête de sa petite chapelle. Ils prennent garde d'éviter les plaques de terre molle. Ils tracent des chemins sinueux, et s'inclinent quand le terrain s'alourdit.

Dans le groupe, il y a Jim. On le devine encore mince sous son épais caban. Il a conservé les cheveux longs de ses aventures passées. Il y a Jeroen aussi, plus corpulent. Les cheveux clairs et courts, encore que la raideur d'une frange disproportionnée lui cisaille le visage en deux. Il porte un blouson de ski matelassé et fume continuellement des cigarettes mouillées. Il y a Kim à la suite. Elle portera d'autres noms car sa vie promet d'être bien remplie. Elle a froid. Elle se sent nue en ce lieu. Elle porte aux pieds des bottes en fourrure, ses cheveux longs semblent les prolonger. Le bébé s'enroule autour de son ventre. On ne voit de Lucien que les joues roses au creux d'une écharpe en tweed nouée autour de lui. L'étendue de la lande le happe tout entier dans un sommeil de mousse aux reflets roux. Il gardera en mémoire cette sensation sans savoir à quoi la raccrocher. Un pays qu'il connaîtra sans se souvenir de lui.

Paul ferme la marche.

47

Paul

Super a voulu que je lui raconte tout dans les moindres détails. Alors comment c'était l'Angleterre, etc. J'ai commencé par le plus simple. Il y a une chapelle abandonnée au milieu de nulle part. Les oiseaux rentrent là-dedans comme dans un moulin. Il n'y a plus un vitrail qui tienne debout. Plus rien pour s'asseoir non plus. Autour, il n'y a que la lande. Une campagne qui ne mène nulle part. On entend la mer partout sans la voir. Elle est partout et nulle part. Le ciel ne peut se confondre avec rien. Le ciel reste le ciel. Ce n'est que le ciel. Et la mer, quand tu la vois enfin, elle t'apparaît comme est la mer, sauf que pas tout à fait. Elle ne sent pas la mer. Elle sent la terre. Elle sent encore la lande.

Super en avait déjà marre. Je suis entré dans les détails pour l'intéresser, genre que la mer était bleue, et des fois noire, la mer. De quoi ? La mer, tu vois, t'écoutes pas. Tantôt bleue, tantôt noire, on ne pouvait pas trop dire. Bon. Et Jimmy ? Comment s'est-il comporté Jimmy ? Tantôt bleu, tantôt noir. Bon, tu le fais exprès ? Comme on pouvait s'y attendre, j'ai dit. Qu'est-ce que tu veux que je te dise ? Parfois il était là et parfois pas. OK, je vois. Ma mère a soupiré. J'ai pensé pour moi-même que c'était un peu comme au Holy Hour. Entre Jim et moi, il y aura toujours un comptoir. Ma mère ne disait plus rien. Je n'ai pas évoqué l'aller-retour à Londres avec

Jeroen. Super était déjà assez contrariée par mon entrée en matière. Elle attendait autre chose comme précisions.

Sur Jimmy, c'est vrai, je n'avais rien. Et sur Jeroen, je n'avais pas mieux. Je n'avais pas beaucoup parlé avec lui. Il n'a pas été de la partie, pour ainsi dire. Et ton père ? Ah, la voilà. La voilà la question. Ben oui, ton père. Comment ça ? Comment ça s'est passé ? J'ai adoré les chiens. On ne s'est pas quittés. Je suis allé les promener plein de fois. Qu'est-ce que t'en dis, je voudrais qu'on ait un chien. Sûrement pas. Allez. Non. Et ta sœur, comment elle a été ta sœur ? Kim attendait. Elle était à deux mètres à peine derrière moi. Très bien. Elle a été très bien. Elle m'a pas quitté. Et Julia ? Quoi Julia ? Comment elle est ? Qu'est-ce que tu veux dire ? Comment t'as trouvé Julia ? Rideau. Bon. Et toi Kim ? Comment t'as trouvé Julia ?

Super allait lui reposer toutes les questions. Kim le savait. Elle attendait son tour. Moi, j'étais plus là. Et comme j'avais rien dit, c'était comme si je n'avais pas du tout été là. Elles allaient tout reprendre à zéro sans moi. Si j'avais eu des chiens, je serais sorti les promener. De toute façon, il n'y avait rien à dire sur Julia. Il n'y avait absolument rien à dire. Onn'avait absolument rien trouvé en plus. Rien. Alors je suis sorti. Sans chien. Comme un chien.

Je traverse les rues de Middelbourg. Je vais du côté de chez Zac. Je vais aller montrer les chiens que je n'ai pas à mon ami Zac que je ne vois plus. Je vais raconter à Zac mon voyage en Angleterre et Zac ne me demandera rien de plus. Rien à propos de l'Angleterre, rien à propos de mon père, rien à propos de Julia, rien de rien. Zac ne va poser aucune espèce de question, n'attendra de moi aucun détail, aucune précision. J'en inventerais que ça ne l'intéresserait pas. Il n'exprimera pas de curiosité. Il écoutera. Il écoutera comme on lit un livre, on ne pose pas de question à l'auteur quand on lit. Il ne sait pas que je suis écrivain en plus.

Pas de chance. Quand j'arrive chez lui, il n'est pas là. Il est certainement parti avec son cousin chez la grand-mère qui ne se porte pas bien. Il est d'ailleurs possible qu'elle ne fasse plus de gâteaux. Peut-on réellement imaginer une telle chose ? La mère de Zac ne sait pas les faire. On n'est donc plus près d'en manger.

Ma vie est pleine de ce que je n'ai pas. Je veux l'écrire. Paul plein de vie. Paul et ce qu'il n'a pas. Paul et les pâtisseries qu'il ne mange pas. Paul et les chiens qui n'aboient pas. Paul est un chien de l'enfer. Je barre *enfer* et j'essaie *paradis*. Je barre *paradis* et j'essaie *qui aboie*. Paul est un chien qui aboie. Je barre tout. Je referme le carnet que je n'ai pas. Il est resté en Angleterre. Un pays que je n'ai pas. Je l'ai oublié dans la chapelle. Une chapelle qui n'y était pas. Demain, j'irai à la papeterie acheter le carnet que je n'ai pas aujourd'hui. Demain, je réparerai tout ça. Un lot de cinq carnets sous blister qui me fera tenir jusqu'à mes treize ans que je n'ai pas.

48

Roman

Paul se prépare. Il cherche un titre. Je serai son roman. La lumière traversera le watergang. Il y aura Middelbourg en arrière-plan. Il y aura Middelbourg sur terre comme au ciel. Il y aura Middelbourg engloutie et Middelbourg sauvée des eaux. Il y aura la mère de Paul qui s'en ira le matin. Il y aura son père qui viendra la nuit quand tout le monde dort à l'étage. Il y aura surtout la sœur de Paul. Elle sera toujours à ses côtés. Elle sera un halo, la silhouette d'une vierge glissant à la surface du canal. Je vais être un roman choral.

Paul m'écrira. Il écrira le mot *roman* sur ma couverture, et le répétera sur la première page. Il écrira le titre sur la deuxième. Il aura trouvé ce titre dans un de ses carnets. Il écrira *Paul* au début de la première phrase. Ce sera un bon début avec vue directe sur les polders. Jan portera ce cadre à bout de bras. Il en aura les épaules. Jan portera tout. Jan De Vaart. Il tissera les pages entre elles avec du fil rose qu'il croisera avec du fil noir. Il fera parler Middelbourg comme personne. Il fera parler le canal comme il n'a jamais parlé. Il y plongera nos têtes, tandis qu'il secouera les arbres, la lune et les lits de fortune. Il fera se retourner Jeroen dans la nuit. Il fera se taire le père de Paul. Il lui trouvera un nom que personne ne dit sauf Julia. Il dira que le père s'appelle Jens. Il écrira son nom quelque part dans le roman, comme en passant. Il l'écrira une fois. Peut-être deux, au plus trois. Et ce sera comme s'il n'avait jamais été dit.

Jan sera la voix de chacun. Il aura fort à faire aussi avec les éléments, le vent, la pluie, le froid, la neige, la nuit, la boue, les herbes pourries, les ruisseaux débordants, les canaux sombres et lents.

Je suis déjà tout ça bien que je ne sois pas encore écrit. Je suis déjà ce roman que vous ne pouvez pas lire encore. Je serai à la fois de cette époque et d'une autre époque. Les ruelles viendront directement du Moyen Âge. Les maisons sentiront encore la bougie. Les gens naîtront et mourront aujourd'hui mais leurs âmes seront celles d'hier. Personne ne sera très éloquent mais chacun viendra dire je quand viendra son tour.

Il ne se passera rien, mais rien ne se passera tout à fait normalement. Je serai à l'image de mon auteur, à l'image du pays et de ses coutumes, je serai à l'image des marais, en pièces et complet. On m'écrira sans savoir écrire. On me lira sans jamais avoir lu auparavant. On me refermera comme on referme un missel, en le laissant là où il est, pour quelqu'un d'autre, pour une autre fois. Ma dernière phrase pourra être *maintenant, la nuit, je garde les yeux fermés*. Paul décidera. Paul soufflera une phrase dans l'oreille de Jan et peut-être que Jan entendra autre chose, quelque chose que Paul n'avait pas prévu et qui deviendra la dernière phrase.

49

Paul

Bonjour Zac. Bonjour Paul. Tu vas bien ? Oui, et toi ? Oui. Si on allait sous le porche ? Attends, je vais prévenir. T'es revenu quand ? Hier. Je ne pensais pas te revoir. J'ai vu mon père. Je sais. Il va revenir ? Il a dit qu'un jour, peut-être. Bien. Il l'a promis. Très bien. Il ira loger chez Jimmy. D'accord. Ce sera étrange. Quoi ? Le savoir là, au-dessus du Holy Hour. Ça va faire drôle, oui. Tu préférerais pas qu'il aille dormir chez ma grand-mère ? T'es con. Oui, ça serait drôle aussi.

Comment c'était de quitter Middelbourg ? On ne quitte jamais Middelbourg, là-bas, c'est juste une autre plage qui donne sur la mer avec du sable et des dunes. Mais il y a la lande. La lande c'est leur watergang. Je suis entré dans une chapelle en ruine. Tu l'as prise en photo ? Je n'y ai pas pensé. Et ta sœur, elle l'a peut-être prise en photo ? Peut-être, je ne lui ai pas demandé. Et la traversée, t'as dégueulé ? Tout le monde a dégueulé, sauf Lucien. Y avait qui d'autre ? Ma sœur, Jimmy et Jeroen. Jeroen ?

Tu aimerais y aller toi, en Angleterre ? C'est pas près d'arriver. Si tu veux, on le fera à deux. T'es sûr ? Ben oui, pourquoi on n'irait pas à deux ? On irait quand ? Je ne sais pas, on verra. Préviens pas la veille. Pourquoi pas ? Oui, pourquoi pas.

Il paraît que ta grand-mère va mal ? Oui. Mon cousin est auprès d'elle avec ma mère. On y va ? Non, j'y tiens pas. Ma mère est dans un état, je supporte pas de la voir comme ça. La mienne, c'est pareil. Je sais pas ce qu'elle a, elle est pas contente. Il y a longtemps qu'elles se sont pas vues, pas vrai ? Pas faux. Et pourquoi à ton avis ? Je ne sais pas. Elles étaient souvent ensemble avant. Ben oui. Mais on s'en fout de tout ça, pas vrai ? Ben oui.

Tu sais, j'ai promené les chiens là-bas. Mon père en a plein. J'aimerais bien en avoir. J'ai toujours voulu en avoir moi aussi. T'imagines, on irait courir ensemble dans les polders avec nos chiens. T'as pas besoin de chiens pour aller courir dans les polders. Je sais, mais j'aimerais bien avec un chien.

Tu sais ce qui me ferait vraiment plaisir, Zac ? Non. J'aimerais que tu cesses de te défiler, allez viens, aujourd'hui on va sur le transbordeur, les polders ce sera pour une autre fois. Tu crois qu'on a le temps ? On a tout le temps. Allons-y. OK, c'est parti.

Sur la route, on a fait les chiens. On a sorti la langue, on a aboyé sur les passants qui ne passaient pas, on a fait semblant de pisser sur des arbres qui n'avaient pas encore poussé. Zac courait dans tous les sens, moi je faisais mine de le suivre à la trace. Quand on est montés sur le transbordeur, on était exténués. On a ri, mais ça faisait mal. On n'avait plus d'air dans les poumons.

Je suis jamais allé sur la mer. C'est marrant comment tu dis ça, la mer c'est pas un cheval. Et la lande, c'est comment la lande ? Tu verras quand on ira. T'as appris des nouveaux mots en anglais ? Plein. Vas-y. *Shut up! Fuck your mother! Shit!* C'est malin. Pas besoin d'aller là-bas pour apprendre ça. Allez, qu'est-ce que t'as appris ? Dis-moi quelque chose qu'on pourra pas m'apprendre à l'école. *Words are flowing out like endless rain into a paper cup, They slither wildly as they slip away across the universe, Pools of sorrow, waves of joy are drifting through my opened mind, Possessing and caressing me.*

Zac a cru que je me moquais et que ce n'était pas de l'anglais. Alors j'ai aboyé.

Il a ri. Après, on est restés face à face, dans un silence anglais. J'ai repensé à la chapelle abandonnée. J'y étais retourné mentalement en quelque sorte. La chapelle flottait sur l'eau dans un mouvement ample. J'aurais pu me laisser bercer longtemps par le mouvement si Zac n'avait pas été là. J'aurais pu. Mais Zac était là et il a vu la nuit quelque part qui menaçait déjà. Il s'est levé et ce fut fini.

50

Zac

Bonjour Paul. Bonjour Zac. Je ne te dérange pas ? Non, tu sais bien que non. Tu es de retour, alors. Oui, je suis de retour. On a débarqué hier. Tout va bien ? Oui, tout va bien. Tu veux qu'on marche un peu ? On n'est pas obligés. Et l'Angleterre, bien ? Oui, ça va, j'ai pas grand-chose à raconter, tu sais. Pas grave. Je n'ai pas vu grand-chose, si tu préfères, c'est passé très vite. Je suis content que tu sois là, Paul. Moi aussi. Allez, on fait quelques pas ? Si tu y tiens. Je vais prévenir. Passe le bonjour. Mieux vaut pas, ils voudront sortir, on n'aura pas la paix, ils vont te poser un tas de questions. Laisse tomber alors. On va rentrer tard ? Je ne sais pas. On va où ? Je ne sais pas, au transbordeur ? C'est une idée. Bon, j'arrive. Je t'attends.

Sur le chemin, Paul m'a parlé des chiens de son père. Il m'a raconté comment il s'est perdu dans la lande et comment les chiens l'ont aidé à retrouver la ferme. Il a mentionné une vieille chapelle en ruine où il voudrait retourner avec moi. Selon lui, elle a quelque chose à voir avec le transbordeur. Je n'ai pas bien saisi où il voulait en venir, mais je ne l'ai pas interrompu. Dans quelle langue vous avez parlé ? Dans à peu près toutes les langues. Tu arrivais à suivre ? J'ai surtout parlé avec les chiens. Je vois. Julia ? Oui, elle s'appelle bien Julia. Ne te sens pas obligé de m'en parler. Pas de problème, Zac.

Elle s'appelle bien Julia donc. Oui, tout s'est très bien passé. Super, enfin, si je peux dire. Drôle. Excuse-moi. Pas de quoi. Elle fait de bons gâteaux. Elle fera une bonne grand-mère. Tu as l'air en forme. Je n'ai pas à me plaindre. Et ta mère ? Depuis qu'on est rentrés, y en a que pour Lucien. Elle a dû s'ennuyer pendant votre absence. Je ne sais pas, il paraît qu'elle est allée dîner chez Tobie. Le patron de la supérette ? Oui. Je trouve qu'il a un nom de chien, pas toi ? Maintenant que tu le dis. Kim va certainement aller travailler là-bas avec ma mère. Bonne nouvelle, enfin, je suppose que c'est une bonne nouvelle. Sans doute. Je m'occupe pas de leurs affaires. Je te comprends. J'ai des projets de mon côté. C'est secret ? C'est trop tôt surtout. T'en as trop dit, ou pas assez. Oublie. Tu changeras jamais. Oh que si, je vais changer, et plus tôt que tu ne crois.

51

Jens

J'ai trouvé un petit carnet noir. Il était dans la vieille chapelle, posé sur une pierre. Paul a dû l'oublier. Peut-il l'avoir volontairement laissé là ? Je ne sais pas quoi penser. Je me suis assis sur un banc à moitié cassé pour le feuilleter. J'ai cru m'enfoncer dans le sol. Je me suis senti soudain si lourd. Si vieux. Ce doit être ce satané banc. Je me suis dit ça d'abord. Il n'avait plus de pieds. Il était pris dans la boue. Mais à mesure que je lisais, j'ai saisi que ce qui se dérobait sous moi ce n'était pas le banc. C'était la lande.

Tiens, lis-le. Dis-moi ce que tu en penses. Il y a le nom de Paul écrit partout. Ce ne peut être qu'à lui, tu ne crois pas ? C'est assez stupéfiant. Comment t'expliquer, je crois que ça parle de Middelbourg, des gens de là-bas, de Kim et de Julia, de Lucian. Lucian revient souvent. C'est comme un long poème, mais ce n'est qu'une suite de mots, comme une liste de courses, des choses à ne pas oublier. Il n'y a rien d'écrit sur la couverture. Pas de nom, regarde, rien, pas de date, pas de titre. À la fin non plus, il n'y a rien de marqué. Il n'y a aucune indication nulle part. Rien non plus dans les marges. Rien. Que le nom de Paul qui se répète. Et des mots qui s'y attachent. Mais je me tais, lis-le. Je vais m'étendre un peu. J'ai pris froid. C'est si exposé au vent du côté de la vieille chapelle.

Tu crois que je dois l'appeler ? Je devrais lui dire que je l'ai trouvé. Je vais lui envoyer. C'est ce qu'il y a de mieux à faire. Tu penses que je dois le garder ? OK, je me tais, je me tais. Lis-le et on en parle après.

Je suis frigorifié. Mon dos est aussi froid que le toit de cette chapelle qui s'est envolé. Julia va bientôt m'appeler pour dîner. On parlera du carnet de Paul à tête reposée tout à l'heure. Il est si noir, ce carnet, si froid, j'en ai les doigts gelés. Dans la chambre de Paul, j'imagine l'air froid qui passe sous les fenêtres. Devant la cheminée, j'imagine Julia qui transpire en voyant le carnet noir de Paul partir en fumée dans le conduit. Il ne pleuvra pas cette nuit. La pluie n'inondera pas la chapelle. Elle n'effacera pas mes pas ni ceux des chiens. Nous avons fini de prendre notre repas. J'improvise un carnet avec des feuilles quadrillées que je plie en deux, et je commence. J'écris. Je commence par mon nom. Je cherche ensuite quelque chose à lui ajouter.

52

Lieve

J'ai une amie, elle s'appelle Marjolein. J'écris souvent son prénom. Je l'ai écrit au marqueur à l'intérieur de ma trousse, je l'ai écrit avec mon eye-liner sur le miroir de la salle de bain, je l'ai gravé au cutter sur une table du Holy Hour. Il y a déjà des noms écrits un peu partout sur les tables du Holy. Je ne parle pas des toilettes. De mémoire, j'y ai vu écrit Lise, Ann, Else, Sara, Lien, Noor, Ellen, Femke, Kato, Floor, Myrthe. Rien que pour ce qui est des filles. Pour ce qui est des garçons, il y en a bien autant, parmi lesquels j'ai relevé Jimmy et Jeroen. Mais aussi Jaap, Jakob, Adriaan, Willem, Balthasar. Je ne me souviens plus des autres.

Jim et Jeroen bavardent justement au comptoir en ce moment en buvant une bière. Il y a le cousin de Zac et deux de ses frères assis plus loin à une table. Il y a deux ou trois types près de l'entrée que je ne connais pas. Il y a des filles à côté de nous. Les habituées. Des filles plus vieilles que nous. Elles sont toujours ensemble. Un nuage rose qui scintille dans un nuage gris de tabac brun. Jimmy et Jeroen fument beaucoup. J'entends d'ici leur conversation. Ils parlent de l'Angleterre. De groupes de musique que je ne connais pas. Une certaine Clark semble les mettre d'accord. Ils viennent justement de mettre un disque. On dirait que la chanteuse récite des poèmes. Je parle pas anglais mais j'arrive à extraire quelques mots.

Le Holy est étrangement calme. Il n'y a rien à faire. J'attends. J'aimerais revoir ce garçon qu'on appelle Paul. Tout le monde le connaît on dirait. Il est si bizarre. Je ne connais pas encore grand monde, et seuls des garçons inintéressants s'approchent de moi pour l'instant. Paul a une sœur, si j'ai bien compris. Je ne la connais pas. Elle est peut-être là.

J'aimerais qu'il entre maintenant. J'aimerais le voir passer la porte. Marjolein le trouve quelconque. Elle devrait arriver elle aussi. Je l'attends depuis une demi-heure. Je lui dirai d'aller se faire foutre. Elle m'agace à être toujours en retard. Pour se faire pardonner, je lui demanderai d'aller écrire mon nom à côté de celui de Paul. Elle trouvera ça débile mais elle le fera. C'est plus fort qu'elle. Elle peut rien me refuser. En attendant, j'écris le nom de Paul au revers de mon bock. C'est débile ce que tu fais. Marjolein vient d'arriver. Elle comprend pas.

Je pourrais inviter Paul au cinéma demain, sauf qu'il n'y a pas de cinéma à Middelbourg. On pourrait aller boire un verre ailleurs pour être tranquille, sauf que le Holy est le seul café de Middelbourg ouvert le soir et qui accepte des jeunes comme nous. On pourrait aller chez moi, tout simplement. On pourrait monter dans ma chambre, s'allonger sur le lit, on écouterait de la musique. Que pourrait-on écouter ? Est-ce que Paul m'embrasserait, ou devrais-je le faire ?

53

Paul

Kim va partir. Tobias l'a embauchée. Elle va travailler à la supérette avec Super. Il est question qu'elle prenne son indépendance. C'est leur mot. Indépendance. Il est également question que notre père déboule prochainement à Middelbourg. Déboule. C'est bien ce qui a été dit. Il sera là pour le déménagement de Kim. On dit beaucoup de choses mais je ne sais rien. Nous avons reçu du courrier. Trois lettres. Chacun la sienne. Kim, Super et moi. Évidemment, rien de tout ce que je viens de dire ne se trouve explicitement formulé dans celle qui m'est adressée.

Dans la mienne, mon père, ou plutôt Julia, me transmet ses meilleurs vœux pour les fêtes de fin d'année. Il y a une note en bas de page. Elle précise qu'on a une surprise pour moi. Un cadeau. Dans la lettre de Kim il est question du déménagement. Kim nous l'a lue. On est restés stoïques. Kim était un peu nerveuse. Dans la lettre de Super, on ne sait pas bien ce qu'il y a. Super ne nous l'a pas lue. Elle a juste dit qu'il n'y avait rien de spécial, sinon que notre père demande s'il peut être hébergé à la maison. Maman dormirait à l'appartement.

Puis Kim et Super ont parlé rapidement de Lucien, de la crèche, de l'argent, de Jeroen, de l'Angleterre encore, et j'ai cessé de les écouter parce qu'elles n'avaient rien à dire en réalité, elles étaient juste angoissées. Je suis allé enterrer ma lettre sous le magnolia, comme à mon habitude. Je me suis arrêté devant le Holy Hour en revenant. Une fille me regarde avec insistance. Elle est en compagnie d'une autre fille qui a l'air de s'appeler Marjolein. Elle a un petit air gothique. Toutes les deux ont cet air sombre qui tranche avec les filles plus âgées qui traînent là. Elles réussiraient presque à avoir l'ascendant sur le rose local.

Le rose tend en effet à disparaître depuis quelque temps. À croire qu'est revenu le temps du noir. La fille s'appelle Lieve. Je viens d'entendre prononcer son nom. Elle me regarde tout le temps. Elle me voit parce que je suis moi-même un reflet noir derrière les autres. Elle doit croire que je suis un fantôme. Elle se lève. Elle dit bonjour Paul. Je dis bonjour. Viens, j'aimerais qu'on parle. Je ne sais pas si j'ai envie de parler.

On va s'asseoir ailleurs, à l'écart. Lieve ne dit rien, finalement. Je ne lui rappelle pas qu'elle souhaitait me parler il y a seulement deux minutes. Nous demeurons ainsi, silencieux. Nous sommes à deux sous les yeux des autres. C'est sans doute ce que Lieve voulait. Je lui donne alors passivement ce qu'elle veut. Elle accepte ce que je suis en train de lui donner. Elle tremble. Je ne pense à rien. Jusqu'à ce qu'elle me prenne la main. Elle la glisse discrètement entre ses cuisses. Son pubis est doux comme une pierre de rivière.

Son sexe est rêche et velouté, il me rappelle les planches satinées du transbordeur. Je ne laisse rien paraître. La main de Lieve est grande, fraîche, osseuse. Ses ongles me pincent la peau. Je sens dégringoler en moi des cailloux creux.

Allons à l'église. Allons-y, me répond Lieve. Je pars le premier, et dans l'humidité du soir tombant, je crache par terre. C'est comme quelque chose de noir qui tombe entre Lieve et moi. Middelbourg se noircit de nous. Les pavés sont des carapaces luisantes. Je garde la main ouverte. Je n'ose plus la refermer. Je ne sais pas quoi faire de ce qui s'est posé dessus.

Nous entrons dans l'église quand Lieve me reprend la main. La nef est froide et déserte. Nous cherchons où nous abriter. Le confessionnal est exigu, il fera l'affaire. Je reprends possession de la pierre de Lieve. Je tiens dans ma main tout le watergang. Lieve me rassemble, tout éparpillé autour d'elle, elle fait un petit tas de moi, me récupère. Elle caresse mes os, les soupèse avant de les poser les uns sur les autres, redresse mon corps, l'articule comme il était. Elle l'embrasse, lèche mes yeux, me mange. Je ne cours plus dans les polders mais à l'intérieur de Lieve. Je ne regarde plus la mer, je suis la mer. Nous demeurons là jusqu'à ne plus nous souvenir de ce qu'il y a hors de nous.

54

Kim

Je ne veux pas que Lucien soit un beau garçon. Si mon père n'avait pas été beau garçon il aurait sûrement eu une vie plus simple. D'ailleurs, si Paul n'était pas un beau garçon les gens se comporteraient sans doute autrement avec lui. Mais voilà, Jens est beau, Paul est beau et Lucien sera sans doute très beau. Ils dorment aujourd'hui tous les trois sous le toit de notre maison et parce qu'ils sont beaux je ne dors pas. Je pense à eux.

Maman est restée seule dans mon petit appartement et c'est à elle que je devrais penser. C'est dans notre maison que nous passons tous la nuit sans elle. Et c'est comme si c'était la nuit qui était restée seule aujourd'hui dans Middelbourg. Jens, Paul et Lucien sont chez nous et c'est quelque chose à quoi je m'étais préparée, mais voilà, je ne dors pas.

Est-ce que ma mère pense à moi comme je pense à elle ? Quand mon père repartira, et que je retournerai dans mon petit appartement, quel genre de femme seule vais-je devenir ? Ma situation avec Jeroen n'est toujours pas claire. Je ne sais pas ce qui serait le mieux pour Lucien. Aura-t-il besoin de Jeroen ou peut-il se passer de lui ? Je ne veux pas non plus qu'il devienne un enfant de Middelbourg qui court dans les polders, car c'est comme aller dormir seul, c'est comme passer ses nuits là où personne ne peut vous fermer les yeux. Je ne veux pas avoir à dire à Lucien de fermer les yeux pour dormir.

Demain mon père parlera à chacun de nous avant de prendre le bateau. Demain Paul regardera son père partir et sentira ses jambes le démanger. Demain ma mère réintégrera sa chambre sans être allée le saluer. Elle dormira enfin chez elle. Paul retrouvera sa chambre et ses jambes seront comme posées au bas du lit, attendant qu'il se lève. Demain Jeroen viendra me voir et parlera au bébé. Il espérera un miracle. Que quelque chose se transmette et le décide à bouger. Il dira au revoir et le dira dans une langue qu'il ne maîtrise pas encore. Demain tout le monde m'écrira et je ne répondrai à personne. Tout le monde fera sonner mon téléphone, mais mon téléphone sonnera dans le vide.

55

Paul

Lieve m'appelle. Elle me donne rendez-vous à l'église. C'est devenu une habitude. On s'y retrouve et on redessine le monde dans des renfoncements sombres. On fait l'amour et je n'ai pas treize ans. Je ne connais pas l'âge de Lieve. Elle a dû me dire un nombre mais je ne l'ai pas retenu. Je n'écoute pas Lieve, je l'entends, elle semble venir de loin. Il y a une montée progressive de sa voix puis quelque chose s'éteint, quelque chose se coupe juste avant de me parvenir et ne veut plus bouger. Je ne regarde jamais personne dans les yeux. Je regarde toujours la bouche des gens. Je suis obstinément attiré par les lèvres qui remuent devant moi. Je me fixe sur la bouche et la bouche devient un cœur qui bat. De la chair grelottante.

Lieve a un corps blanc fantastique. Elle a les yeux parfaitement fixés au sommet. Elle tremble dans l'église. Quand nous nous couchons par terre sur un tapis poussiéreux derrière l'autel, elle tremble et mes jambes sont des bras qui la maintiennent. Elle dit Paul. Elle répète. Paul. Paul.

J'ai beaucoup de mal à entendre quelqu'un prononcer mon nom en dehors de Super et de Kim. Je pouvais aussi l'entendre venant de Birgit. Mais Paul dans la bouche de quelqu'un d'autre me semble une aberration, le son se déforme et jaillit vers nulle part. Quand mon père m'appelle Paul, la terre sur laquelle je cours n'est plus ronde, elle est comme une bouillie et on ne peut en faire le tour sans perdre ses jambes. Puis le silence revient et tout redevient rond, solide et triste. Paul. Paul.

Comment lui répondre ? La nuit, je garde mon téléphone ouvert comme je garde les yeux ouverts. Je vais avoir treize ans et je pressens que quelque chose va trembler. Quelque chose va passer de Lieve à moi. C'est déjà en moi. C'est déjà fait.

Demain j'emmènerai Lili sur le transbordeur. J'essaierai de dire son nom avec amour. Lieve. Lieve.

Puis nous irons plus loin, peut-être sous le toit du grand Magnus, puis nous irons encore plus loin, dans les marais, où précisément rien ne se voit car rien ne s'élève plus haut que le haut d'un bras couché sur l'herbe verte. Puis nous irons plus loin encore, si cela se peut, sur une plage où rien ne s'élève plus haut que le haut d'une vague couchée sur la mer.

56

Holy Hour

Jens et sa fille Kim sont ivres. Comme tout le monde. Le Holy Hour est ivre depuis son entrée jusqu'à son arrière-salle. Le café est bondé. Il y a les filles et les garçons. Les jeunes et les moins jeunes. Des parents et des amis. C'est jour de fête à Middelbourg. Jour de sortie. On est venu boire et fumer. Des quantités de verres sont sur les tables. Tout est en désordre. Lieve ne manque pas à l'appel. Elle occupe une table fort dissipée. C'est la table de la jeunesse par excellence. On rit de voir rire les autres, on parle fort pour ne pas se laisser couvrir par ceux qui parlent fort. Les gens se lèvent, changent de table et repartent vers d'autres tables. On se relève, on s'absente, on prend des chaises laissées vacantes. On intervertit, on cède sa place, on recompose la salle régulièrement.

Jens se renverse en arrière. Il regarde. Il regarde vivre Middelbourg. Il est au Holy Hour pour la première fois. Il a l'air bien. On boit et on écoute de la musique. On est samedi soir et tout le monde est là. Kim est là, évidemment. Elle rayonne aux côtés de son père. Elle le découvre. C'est lui alors. C'est sa manière d'être. Elle garde un œil sur lui. S'en étonne. Elle veut sentir à tout moment comment il se sent. Elle lui demande : Tout va bien ? *It's OK*. Et Jens lève son verre.

On entend *Regiment*, morceau de Brian Eno et David Byrne que Jens connaît, visiblement. Tout le monde est excité. On n'arrête pas de bouger. On cherche à se faire entendre. On surnage. On traîne des caisses de bières au sol, on pousse des tables. Les verres tintent, des verres se brisent. Dans ce remue-ménage, une phrase vient à l'esprit de Jens : tout ce qui arrive arrivera aujourd'hui. Jens ne se rappelle pas où il a lu ces mots. Mais ils le traversent comme le Holy Hour traverse la nuit.

La musique change. Jens offre une cigarette à Kim et une à Jeroen. Jeroen a pris du speed. Il ira vomir dans les toilettes dans une demi-heure. On le verra soutenu par le cousin de Zac au-dessus d'une cuvette. On se rend régulièrement dans l'arrière-salle avec quelqu'un. On échange des petits paquets. On échange de l'argent. Pendant ce temps, Jimmy bosse dur. Il se fait aider par de nouvelles têtes. Le week-end, Jim embauche. Kim aura toujours refusé ses propositions. Elle aurait trop aimé ça. Elle n'aurait plus vu le jour. Travailler dans un café, ce n'est pas donné à tout le monde. Le comptoir peut vite devenir un rempart bien trop commode entre soi et la vie qui attend dehors.

Ce soir, les remparts de Middelbourg projettent leurs reflets à travers les vitres. C'est un mur qui s'appuie contre les fêtards. Tobias est là. Il est venu saluer Jens. Ils bavardent et se commandent à boire à tour de rôle. C'est alors que Paul entre dans un fracas. Il se fraye un passage à grands coups de coudes jusqu'à la table où sont Kim et son père. Jens se redresse et Kim se lève. Paul parle de Lucien et de Super. Maman n'est pas à la maison et Lucien a disparu. Quoi ? Tu es sûr ? Ici ? Non, elle n'est pas ici. Tu es allé chez Kim ? Il n'y a personne, j'y suis passé avec tes doubles de clés. Brouhaha dans le brouhaha.

On se regarde. Et chez les parents de Zac ? Non plus. J'y suis allé. Où peuvent-ils bien être ? Jens regarde sa montre. Je suis même allé jusqu'au transbordeur, à tout hasard. Et ? Ben rien. En revenant, je suis entré dans l'église. Et toujours rien. Je ne sais plus où aller. Tobias ? Tu as une idée ? Si tu as quelque chose à dire, c'est le moment. Je t'assure, je ne sais rien. Sûr ? Tu as ma parole. Et toi Kim ? Tu penses à quelque chose ? Non. Va voir Jimmy et interroge-le. Toi, Jeroen, viens par là. Jens emmène Jeroen dehors. On les suit. Jeroen ne sait pas. Il est loin. Il est comme déjà parti lui aussi. Il vomit dans la rue. On se regarde. La lune rase les murs de Middelbourg.

57

Lucien

La nuit a été longue et mouvementée. Les bras de Super ont eu sur moi l'effet d'une mer agitée. Je reconnais cet endroit, cette odeur salée et cette couleur indéfinissable. J'en ai déjà le souvenir. Je porte déjà inscrite en moi l'expérience de la traversée. Je peux sentir son ventre monter et descendre. La mer est en moi. Et Super est comme Kim mais en plus fort. En plus dure. Elle est la mer là où Kim est une rivière.

Je sais aussi reconnaître la rivière. J'en ai déjà le souvenir dans les oreilles. La rivière qui est avant la mer, la bouche qui est avant le visage. Super n'est que visage. Super a les pieds dans la boue et les épaules sous la pluie. Ses bras sont des barques qui vont me rendre malade. Maman me manque.

Enfin, le jour se lève et j'entre dans une maison qui ne m'est pas inconnue. Il y a déjà tant de maisons dans ma vie. Les bras sont des maisons. Les bateaux sont des maisons. Les voix qu'on entend sont des maisons. Les cœurs qui cognent sont des maisons. Les larmes qui s'échappent sont des maisons. Les mots qui claquent sont des maisons. Mais toutes les maisons ne sont pas habitables. Je ne pourrais pas vivre dans cette maison qui brûle aux pieds de Julia. Je ne pourrais pas tenir longtemps dans cette couverture de laine vierge qui sent l'animal et que Julia laisse sur le dossier de son fauteuil.

La vie décide de là où nous allons vivre. Elle peut décider de me faire vivre entre deux maisons qui sont Julia et Julia. Deux maisons qui se font face et aucun chemin ne les relie. Ces maisons se parlent. Et j'ai trop chaud.

Julia et Julia. Qui se parlent. Il est question d'un père et de maisons. Des bras d'un père, de route qui mène aux maisons. Il est aussi question de voix, de la voix d'un homme à la fenêtre qui montre ce qui est à l'extérieur de la maison. Et Julia répond à Julia qu'elle comprend. Elle entend tout ce qu'elle entend et elle est d'accord avec elle. Elle pense comme Julia et Julia pense la même chose. Peu à peu, je m'endors, dans une maison qui devient mon corps. Ma maison à moi. Celle où personne ne peut tout à fait entrer. Ni Julia ni Julia. Ni la mer ni aucune rivière. Ce que personne ne sait, et que je sais, c'est que nous n'avons pas besoin de maison. Nous naissons dans notre propre maison jusqu'à ce que nous la quittions définitivement.

Là où je dors, je suis chez moi. J'ai un lit, des fenêtres, une cave et un grenier, un jardin, un chemin qui y mène, et des arbres alignés où les oiseaux vont. Là où je dors, il y a un oiseau qui va et vient en chantant, car lui aussi il a une maison. Sa maison est son chant. C'est le matin, et je l'entends.

58

Julia

Je ne sais pas pourquoi j'ai fait ça. Je ne suis pas folle. Comprenez-moi bien. Je n'ai voulu de mal à personne. J'ai deux enfants, un travail, une maison. Il n'y a aucune raison de penser que je suis folle. Oui, je suis partie avec le bébé. Oui, j'ai pris un bateau en pleine nuit. Oui, j'ai débarqué chez une inconnue avec le bébé dans les bras sans rien avoir emporté avec moi. C'est vrai, j'ai agi sur un coup de tête. Est-ce que je suis bonne à enfermer pour autant ? Je regrette ce que j'ai fait, n'est-ce pas là ce que vous voulez m'entendre dire ? Eh bien soit, je le regrette. C'est dit. Il ne s'est rien passé d'ailleurs ; rien de grave. Je suis rentrée par le premier bateau du lendemain. J'ai prévenu tout le monde dès mon arrivée. Tout Middelbourg est au courant.

Maintenant, si vous me demandez pourquoi j'ai fait ça, je ne sais pas quoi vous répondre. Personne n'a porté plainte de toute façon. Ma fille ne me parle plus, mais ça c'est mon affaire. Ça lui passera. Vous dites que je dois me mettre au repos et me soigner. Soit, mais qui va nous nourrir ? Qui va s'occuper de la maison pendant ce temps-là ? Je ne peux pas me le permettre. Vous en faites tout un drame. Mais on n'est pas dans un roman.

Je ne me sentais pas de faire la fête, voilà tout. Je ne me voyais pas rester à Middelbourg pendant que tout le monde s'enivrait. Demandez à Julia. Je ne l'ai pas agressée. Je ne suis pas venue lui réclamer des comptes. Je ne suis pas venue à elle pour me plaindre. J'avais besoin de la voir, c'est tout. J'avais besoin qu'elle me connaisse. Oui, je suis bien partie sur un coup de tête, sans bagage, sans rien prévoir pour le bébé, c'est entendu. C'est bien là ma seule faute, finalement. Kim me pardonnera. Julia ne m'a-t-elle pas pardonné ? Jens aussi m'a pardonné. Quant à Lucien, il me pardonnera. Paul ? Je sais, il ne dit rien. Comme d'habitude.

Je ne veux pas qu'il retourne là-bas. Je suis certaine qu'il ne veut pas y retourner non plus. Sa vie n'est pas là-bas. Je le connais. Même pour quelque temps. Non. Il ne voudra pas. Et puis je m'y opposerais. J'ai encore des droits, non ?

Viens Paul. Viens près de moi. Dis-leur que je suis encore ta mère et que l'on va s'aider toi et moi, qu'on n'a besoin de personne. Que ce sont les bêtes qu'on soigne, pas les humains, les humains, on les aime. Viens Paul, viens leur dire que l'on s'aime. Viens leur dire que je ne suis pas folle. C'est ce pays qui est fou. C'est ce pays qui nous abandonne et qui nous laisse sans défense. Tu le sais mieux que personne.

Pourquoi tu ne dis rien, Paul ? Pourquoi ne réponds-tu pas quand je te parle ?

C'est ta sœur ? C'est avec elle que tu souhaites aller ? Eh bien je préfère encore te savoir chez elle plutôt qu'en Angleterre. Je me sens si fatiguée tout à coup. Jamais je ne me suis sentie aussi fatiguée. Que dites-vous ? Je ne me suis jamais autorisée à être fatiguée ? Peut-être. Peut-être avez-vous raison. Oui, je vais me reposer. Et me taire. Oui. Inutile de parler davantage. Paul a raison. Il faut se taire.

59

Julia

Jens et Super se croisent en mer. Je me demande quelle distance il y a entre deux ferries qui se croisent au large. Est-ce qu'une personne peut reconnaître une autre personne à cette distance ? Je n'ai jamais pris la mer. Je vis sur la côte et pourtant je n'ai encore jamais pris la mer.

J'ai emmené Julia au port. Je l'ai accompagnée sur les quais. Elle était calme, à l'image de la mer ce matin. Nous nous sommes embrassées pour nous dire au revoir. Je ne sais pas au juste si l'on s'est vraiment dit au revoir, mais je sais que l'on s'est embrassées. Deux fois. Naturellement. Puis j'ai embrassé le bébé. Sur le front. Il ne dormait pas. Il était bien. Il a cligné des yeux. Je suis passée devant eux sans doute comme une ombre. Le ciel était couvert de taches claires. Il n'y avait pas grand monde. J'ai tenu à venir voir le bateau partir. Je n'aime pas ça d'habitude, ça m'impressionne, je me sens comme aspirée par l'énorme bâtiment qui se détache du quai comme un immeuble qui s'écroule. Un vide s'ouvre devant moi et, c'est idiot, je sais, d'habitude, je ne regarde pas, seulement une fois que le bateau est déjà loin. Mais cette fois, je tiens bon. Je regarde Julia partir.

Je l'observe s'intercaler dans une file, avancer, monter, disparaître, réapparaître, rentrer, se perdre, revenir à la fenêtre, bouger, se baisser, se relever, se tourner, faire signe. Elle est toujours restée visible. Elle était toujours bien placée. Je ne pouvais pas la rater. J'ai pris sur moi et j'ai attendu au bord du gouffre sombre et huileux qui s'ouvrait sous moi. Au plus fort de mon angoisse, j'ai levé le bras au ciel. J'ai pointé vers le haut une main tremblante et heureuse. Julia m'a fait signe à son tour. Mon angoisse s'est estompée progressivement. J'ai pu attendre là jusqu'à ce que le bateau ne soit plus qu'un grain de sel noir à l'horizon.

Je ne suis pas rentrée. J'ai attendu Jens. J'ai patiemment attendu que son ferry le débarque, qu'un autre monstre métallique vienne reconstituer le quai où j'étais restée, qu'il arrive et recolle les morceaux. J'ai marché un peu, parallèle à l'infini. J'ai relu plusieurs fois le message de Jens. J'arrive dans deux heures. On ne devrait pas avoir de retard. La mer est belle. Toi aussi. Suis impatient de te voir. Je vais dormir un peu. Le temps passera plus vite. Je t'embrasse. Jens.

Ses yeux étaient encore rouges d'avoir dormi. Ou d'avoir pleuré. D'avoir sans doute trop bu. Est-ce qu'on peut pleurer en dormant ? Je ne lui demande pas. J'embrasse ses yeux. L'un, puis l'autre. Maintenant il pleure. Légèrement. Il n'est plus soûl. Julia a bien pris le bateau ? Oui, il y a deux heures. Le bébé allait bien ? Oui, très bien. Et Julia ? Rassure-toi, elle allait bien également. Et toi ? Je suis contente de l'avoir rencontrée. Allez, rentrons. On est montés dans la voiture. Jens ne m'avait pas encore embrassée.

Nous avons aussitôt allumé un feu dans la cheminée. Jens y a jeté son carnet. Il ne l'a pas donné à Paul. J'ai eu honte, Julia. Je n'ai pas osé lui en parler. Je me suis trouvé ridicule.

Tout ce que j'avais écrit là-dedans, c'était nul. Sans intérêt. Le carnet avait du mal à brûler.

Il ne t'a pas réclamé le carnet qu'il avait perdu ? Eh bien non. J'ai cherché une manière de régler ça mais j'ai été soulagé finalement qu'il ne m'en parle pas. Ne te sens pas coupable, c'est que ça ne devait pas être important. Jens s'est assis sur la chaise où je m'installe habituellement le soir avec un plaid. J'aime bien cette chaise basse capitonnée. Elle est près du feu et si agréable pour démarrer un livre. Jens s'est endormi là, à ma place, et je l'ai regardé dormir un moment. Nous avons soupé tard et nous n'avons pas su aller nous coucher à l'heure habituelle. Nous avons veillé.

Jens a tenté de parler de son week-end à Middelbourg. Il a commencé par une anecdote assez insignifiante, puis il a enchaîné en laissant s'installer de plus en plus d'espace entre les mots, des blancs bientôt si grands que sa voix elle-même en blanchissait. Elle s'effilochait comme une ouate inconsciente au-dessus du feu. J'ai pris le relais en évoquant Julia. J'ai tenté de me souvenir de la façon dont elle a frappé à la porte, de la façon dont elle s'est présentée à moi en disant juste je suis Julia. Je voulais raconter ce que nous avions fait, mais nous n'avions rien fait en réalité. Et nous n'avions pas échangé tant de mots. Les mots s'étaient frottés à plus intense qu'eux.

60

Paul

L'horizon encercle le watergang. La silhouette de Lieve prolonge la mienne. Le panorama s'élargit tandis que je nous hisse à la force de mes bras. Ma respiration grimpe en spirale dans les entrailles noueuses du grand magnolia. Nous nous affinons au passage des branches les plus hautes. Nous laissons des petits bouts de peau accrochés aux branches venues à notre rencontre. Nous atteignons bientôt la cime. Sève contre sève, nous frottons nos plaies entre elles. Nous sommes tout à la fois, droite et diagonale, point de fuite et segment, arc et rayon. Là-haut, nous sommes partout. Infiniment petits et infiniment vastes. Nous courons ensemble avec les yeux, nous nous agrippons l'un à l'autre. Mais rien ne serre.

Nous voici avec Lieve sur les épaules du grand Magnus. Nous sommes à la barre du roi des transbordeurs. Une ombre immense se projette au sol. Lieve et moi sommes comme deux oiseaux perchés à quatre-vingt-dix degrés. Les lettres de mon père en contrebas. Elles ont ouvert un cratère dans les polders. J'ai éventré le nid douillet de ma douleur. Un à un, les mots se détachent et vont rejoindre le grand canal. L'eau emporte le roman de mon père. Il était temps.

Lieve me ramène à terre. Magnus disparaît dans les polders. Je vois tous les Paul partir avec lui et me retrouve nu comme au premier jour devant l'amour de Lieve. J'ai dans les mains le briquet que mon père m'a offert, et dans les yeux, les flammes qui consument ma mère. Il est temps de demander pardon. Pardon Middelbourg.

61

Middelbourg

Une nuit avait suffi pour me faire disparaître de la carte. C'était au xve siècle. Une génération fut nécessaire pour me ressortir de l'oubli. Une génération, et j'étais réapparue, à la fois semblable et méconnaissable. Je fus jadis une bourgade heureuse nichée au centre du pays, mes ruelles étroites épousaient un terrain plein de malice, la lumière et le vent s'entendaient pour s'infiltrer avec douceur entre les granges et les chaumières. Le sol était une peinture sur laquelle les hommes et les animaux posaient pour l'éternité. Mais une nuit avait suffi.

C'est toute la région qui, à la fin du Moyen Âge, s'était transformée en un formidable archipel d'îles au milieu de lacs. Partout des bouts de terres et des mers qui les isolaient. Un déluge avait détourné les canaux, emporté les villages ainsi que des parcelles entières de forêts. On attendit longtemps que le bois de Middelbourg refasse surface. On disait qu'il dérivait au fond de l'eau telle une chevelure fantôme en perpétuelle perdition. La légende rapporte aussi que, pendant mon immersion, seuls mes deux clochers émergeaient. On aurait d'ailleurs remplacé les campaniles par des lanternes afin de guider ceux qui dès lors étaient forcés de naviguer ici pour survivre.

C'est en ruine que je ressortis un jour des eaux. Je refis surface et on s'émerveilla malgré l'ampleur du chaos. Je me dressais de nouveau au cœur du pays, les hommes virent quelque chose de grand à faire de moi. De grand et de beau, quelque chose à quoi se raccrocher, une réalité à défier.

Ils revinrent de partout et commencèrent par ériger une enceinte à ma périphérie, première étape de ma renaissance. On créa des digues et on gagna tout ce que l'on put sur la mer en se protégeant un tant soit peu des prochains raz de marée, phénomènes plus dévastateurs que la guerre. Combien de populations disséminées et de paysages remodelés ! Les dunes n'avaient pas le temps de se reformer que des tempêtes hors normes les réduisaient à néant, des tonnes d'eaux informes submergeant tout. On dénombrait chaque fois des dizaines de milliers de victimes, et chaque fois, on redoublait d'efforts pour remettre debout un monde retourné.

Certaines nuits, les rêves cédaient comme les digues dans la tête des paysans, ravivant le passé et la peur qui l'accompagnait. Les esprits toujours meurtris croyaient se noyer dans leur sommeil, rejoignant leurs ancêtres disparus dans les inondations. Au matin, hagards, ces mêmes esprits sortaient vérifier l'état du monde, étonnés de ne pas le voir sens dessus dessous. C'était juste la nuit qui avait fait un cauchemar et pris la couleur de la boue.

62

Jens

Nous attendions un taxi. Il devait être environ quatorze heures. Nous étions au début de l'été. Julia a prié le chauffeur de rouler doucement. Elle se sentait vaseuse. Elle n'avait pas touché au déjeuner. Je crois qu'elle appréhendait de rentrer à la maison. J'ai fait en sorte que notre départ se fasse le plus sereinement du monde. Je me retournais souvent pour lui demander comment elle allait. Elle serrait le bébé dans ses bras et me suppliait de regarder la route. Tu me donnes le tournis, disait-elle.

Déjà, devant la maternité, alors que le chauffeur m'aidait à mettre les bagages dans le coffre, elle fit demi-tour, prétextant avoir oublié quelque chose dans la chambre. Déjà, elle avait peur de rentrer. J'ai eu le temps de fumer une cigarette au soleil, appuyé contre le capot avant de la voiture. J'ai échangé quelques mots avec le chauffeur à propos du nouveau-né, qu'il allait s'appeler Paul, que nous étions de jeunes mariés, après quoi j'ai rappelé notre adresse, car je ne savais plus quoi dire. Une fois au volant, le chauffeur n'a plus prononcé un mot jusqu'à la maison. Il savait parfaitement où il devait aller et cela ne devait pas lui prendre plus d'une heure. Une voisine était censée avoir fait le ménage pour notre retour.

Elle nous attendait et s'occupait de Kim. J'ai dit à Julia de mettre le bébé dans son couffin et de se détendre un peu avant notre arrivée, tu verras, tout va bien se passer. Elle ne m'écoutait pas. Regardait la route. Alors, j'ai regardé la route. Nous avons traversé des hameaux qui se ressemblaient et longé des canaux qui n'avaient jamais de fin. La lumière brillait partout dans le watergang. Elle aveuglait. Des odeurs suspectes montaient depuis les marais. Julia n'avait pas voulu qu'on ouvre la fenêtre. Elle craignait pour le bébé. Ça va faire des courants d'air. Heureusement, les routes étaient droites et nous n'avons eu à ralentir qu'à de très rares occasions. Nous ne profitions d'un peu d'ombre que lorsque nous empruntions les routes latérales bordées de taillis qui traversent l'est du pays. Mais de nouveau, le soleil s'écrasait brutalement sur le pare-brise alors que nous ne nous y attendions plus. Nous étions samedi, et les gens étaient restés chez eux. Il faisait très chaud. Nous n'avions pas mangé.

Nous avions soif. Je suis allé me rechercher des souvenirs de baignade, un plongeon dans mon enfance m'emporta dans le grand canal de Middelbourg. Nous nous étions retrouvés à quelques-uns dans les polders. Nous nous étions jetés à l'eau quasiment nus. Nous battions la surface de l'eau avec nos bras dans de bruyants fous rires. Je vivais dans une ferme où l'on m'avait recueilli après le décès de mes parents. Ils avaient péri ensevelis pendant leur sommeil. Un raz de marée les avait engloutis dans la nuit.

J'avais eu de la chance. J'étais parti en voyage de classe en Angleterre. Mes copains ne comprenaient pas comment je pouvais continuer d'aimer la mer après ça. Je ne sais toujours pas quoi répondre. Je n'aimais tout simplement pas qu'on me pose la question. Quand on insistait, et généralement, on insistait, je devais en venir aux mains. Je me souviens, à la naissance de Kim, je m'étais soûlé comme jamais et je m'étais rendu sur le transbordeur. J'avais soudain eu envie de prendre un bain de minuit. Ce soir-là, j'ai failli y rester. Je ne sais pas par quel miracle on me sortit de l'eau. On avait dû remarquer mon absence et s'inquiéter. Toujours est-il qu'on arriva tout juste pour me sortir du canal où je ne luttais déjà plus contre le courant.

Aujourd'hui encore, je n'ai pas peur de l'eau. Je dois même admettre qu'elle m'attire davantage. Je ne pourrais me passer d'elle et suis heureux de vivre aujourd'hui sur une île. L'eau qui me cerne me rassure. Quelque chose me retient près d'elle. La femme qui vit aujourd'hui avec moi prétend que je cherchais inconsciemment à rejoindre mes parents ce jour-là. Elle pense que tant qu'on ne peut vérifier par soi-même qu'un proche est mort, on ne peut trouver la paix. Je ne sais pas ce que vaut son interprétation des choses, mais il semble clair pour elle que je ne suis pas un homme tranquille pour cette raison. Ce qui me donnerait par ailleurs cet air constamment fatigué. C'est aussi pour ça que je bois dit-elle, pour me noyer dans l'alcool, à défaut d'avoir péri avec eux dans les eaux.

Comment expliquer que Julia et moi nous nous soyons séparés ? Je n'en ai aucune idée. Je sais juste que lorsque nous sommes rentrés de la maternité, j'ai eu froid. Le taxi s'est arrêté devant la maison et nous en sommes descendus sans ouvrir la bouche. La voisine était sur le pas de la porte avec Kim, et Julia est tout de suite montée dans sa chambre pour s'étendre sur le lit. Je suis resté seul en bas avec les enfants, dans un silence de fond marin. J'ai su à cet instant que je quitterais cette maison bientôt. Ce soir-là, j'ai mis un vieux disque des Beatles et me suis endormi sur *Rain*.

63

Julia

Jens veut qu'on déménage. Il veut qu'on aille plus au nord encore. Il a en tête de partir avant l'été, de nous trouver un endroit où vivre une autre vie, un endroit où les couleurs seront plus neutres, inconnues. C'est une idée qui ne le quitte plus. Aller là où naissent les tempêtes mais où rien ne se dégrade. Être là où naissent les choses mais où rien ne s'entrechoque. Être au départ. Là où ça s'ouvre et d'où s'élancent les humeurs du ciel.

Dans sa tête, il y a du vent qui se forme et qui a besoin d'un nouveau couloir pour circuler. Je ne fais qu'exprimer avec des mots ce que son corps exprime pendant son sommeil. Et ce que son corps dit, Jens le pense. Il ne sait pas mentir. Tu parles pendant ton sommeil. Sérieusement ? Oui, tu parles d'aller vers le nord. Il ne le savait pas. Son corps pourtant le criait. Jens ne connaît pas son corps. Dis-moi, qu'est-ce qui te tracasse ? Rien. Allez parle. Alors Jens essaie. Parfois la pluie est ainsi. Elle est un soleil d'eau, à la fois lumière et liquide. Ce qu'il a en tête est un soleil, mais son corps est un torrent qui se disperse et qu'il ne peut retenir. Il appelle le nord comme il appellerait au secours.

Le dernier nord. À proximité des côtes. Les terres du bout de sa nuit. Quoi, Jens ? J'aimerais qu'on se lance. Je suis d'accord, lançons-nous. Je voudrais qu'on se mette à notre compte. Tu penses à quoi ? Je pense aux moutons. À l'élevage de moutons. C'est une idée. Et je pense aussi aux chiens. Dresser des chiens ? Oui. C'est à ça que je pense. Alors parlons-en. Le sujet est sur la table. Jour après jour, nous le servons. Il est notre repas du soir, notre amour devant le feu. Le vent souffle depuis plusieurs semaines. Il frappe sur le toit et réveille notre jeunesse.

Jens est venu de Middelbourg avec quelque chose qu'il n'a pas laissé là-bas. Quelque chose qui est en train de l'abandonner. Je le redécouvre. Il est plein du mouvement de l'eau et calme comme un océan. Comment te le dire, Jens, lançons-nous, allons-y. Allons plus au nord. Allons-y ensemble. Les chiens, les moutons, c'est ce qu'il nous faut, ça ne fait aucun doute. Je lui ai dit. Je lui ai dit oui, nous allons nous organiser. Établissons un programme. L'année prochaine, ou celle d'après. Nous ne sommes pas pressés, maintenant que nous savons ce que nous allons faire.

CATALOGUE DES MÉTÉORES

JACQUES ABEILLE
M43 *Les Jardins statuaires*

MARIO ALONSO
M48 *Watergang*

BERNARD AMY
M04 *L'Alpiniste*

SHOLEM ALEYKHEM
M35 *Étoiles vagabondes*

KENNETH BERNARD
M00 *Extraits des archives du district*

OLIVIER BRUNEAU
M17 *Dirty Sexy Valley*
M37 *Esther*

STÉPHANE CARLIER
M27 *Le Chien de Madame Halberstadt*

JOËL CASSÉUS
M39 *Crépuscules*

PIERRE CENDORS
M20 *Archives du vent*

BÉRENGÈRE COURNUT

M25 *Née contente à Oraibi*

M31 *De pierre et d'os*

M47 *Par-delà nos corps*

ALEXANDRA DAVID-NEEL

M42 *Le Grand Art*

LUCE D'ERAMO

M34 *Le Détour*

EDGAR HILSENRATH

M02 *Nuit*

M08 *Orgasme à Moscou*

M07 *Fuck America*

M15 *Le Nazi et le Barbier*

M36 *Les Aventures de Ruben Jablonski*

M38 *Le Conte de la dernière pensée*

JULIA

M30 *Roulio fauche le poil*

ANDRUS KIVIRÄHK

M05 *L'Homme qui savait la langue des serpents*

M21 *Les Groseilles de novembre*

M33 *Le Papillon*

HADRIEN KLENT

M03 *Et qu'advienne le chaos*

M32 *La Grande Panne*

M41 *Paresse pour tous*

OLIVIER MAK-BOUCHARD

M40 *Le Dit du Mistral*

M46 *Le Temps des Grêlons*

VALÉRIE MANTEAU

M18 *Calme et tranquille*

M26 *Le Sillon*

JEAN-PIERRE MINAUDIER

M11 *Poésie du gérondif*

MARIE REDONNET

M13 *La Femme au colt 45*

EMMANUEL RÉGNIEZ

M09 *Notre château*

DIMITRI ROUCHON-BORIE

M44 *Le Démon de la Colline aux Loups*

D.A.F DE SADE

M01 *Les 120 journées de Sodome*

JUAN JOSÉ SAER

M14 *L'Ancêtre*

M22 *Glose*

GOLIARDA SAPIENZA

M06 *L'Art de la joie*

M10 *Moi, Jean Gabin*

M16 *Rendez-vous à Positano*

M19 *L'Université de Rebibbia*

M28 *Les Certitudes du doute*
M49 *Le Fil de Midi*

FRANÇOIS SZABOWSKI
M24 *L'Amour est une maladie ordinaire*

MARIE TESTU
M45 *Marie-Lou-Le-Monde*

SIGOLÈNE VINSON
M23 *Le Caillou*

ALI ZAMIR
M12 *Anguille sous roche*

HYAM ZAYTOUN
M29 *Vigile*

« Je vais juste déposer ici ce que la nuit trimballe avec elle. »

Ce livre a été imprimé en septembre 2023
par les imprimeries Corlet, France,
pour la collection Météores.

Conception graphique de la collection : Oskar
ISBN : 978-2-37055-382-9 | d. l. : octobre 2023